左岸译丛

沉默的囚徒

[法] 圣地亚戈·阿米戈雷纳 著

台学青 译

海天出版社
·深圳·

图书在版编目（CIP）数据

沉默的囚徒 /(法) 圣地亚戈·阿米戈雷纳著；台学青译. — 深圳：海天出版社，2021.1
（左岸译丛）
ISBN 978-7-5507-3046-5

Ⅰ.①沉… Ⅱ.①圣… ②台… Ⅲ.①长篇小说－法国－现代 Ⅳ.①I565.45

中国版本图书馆CIP数据核字(2020)第215893号

版权登记号　图字：19-2020-032号
Originally published in France as:
Le Ghetto intérieur by Santiago H. Amigorena
© Editions P.O.L 2019
Current Chinese translation rights arranged through Divas International, Paris
巴黎迪法国际版权代理 (www.divas-books.com)

沉默的囚徒
CHENMO DE QIUTU

出 品 人	聂雄前
责任编辑	邱秋卡　胡小跃
责任校对	赖静怡
责任技编	梁立新
装帧设计	龙瀚文化

出版发行	海天出版社
地　　址	深圳市彩田南路海天综合大厦（518033）
网　　址	www.htph.com.cn
订购电话	0755-83460239（邮购、团购）
设计制作	深圳市龙瀚文化传播有限公司 0755-33133493
印　　刷	深圳市希望印务有限公司
开　　本	787mm×1092mm　1/32
印　　张	6
字　　数	76千
版　　次	2021年1月第1版
印　　次	2021年1月第1次
定　　价	38.00元

版权所有，侵权必究。
凡有印装质量问题，请随时向承印厂调换。

二十五年前,我开始写一本书,对抗自我出生以来就令我窒息的那种沉默。书分为六卷,已经出版的有:第一卷《寡言的童年》;第二卷的第二部分《失语的青春》;第三卷《沉默的少年》中的两个部分独立出版,分别是《第二次流放》和《初次》;第四卷《平静的成年》也是分为《初恋》和《第一次失败》两部分单独出版。另外已经出版的还有三个别章:《1978》《2003》(出版时名为《不曾遗忘的日子》)和《2086》(《最后的话》)。读者诸君手上这本薄薄的小书,就是这个写作计划的由来。

对难以估量的事件做出妥帖的反应,是不可能做到的事情。向受害者提出这样的要求,无异于苛求一条被甩到岸上的鱼赶快长出双腿,好踩着小碎步回到潮湿的环境中去。

——君特·安德斯[①]《艾希曼的儿子》

---

① 君特·安德斯(1902—1992),记者、哲学家,出生于德国,入籍奥地利。

献给莫比,他先于我写下了这个故事

献给玛丽永[1],她与我共同完成了这本书

---

[1] 玛丽永,作者的妻子。

1940年9月13日下午,布宜诺斯艾利斯阴雨绵绵。欧洲的战争显得那样遥远,世界仿佛仍是一派太平景象。贯穿城市的马约大道上几乎没什么人,街道两边林立着新艺术风格的建筑,总统府与国会大楼隔街相望。从城中心写字楼里出来的寥寥几个男人,拿张报纸遮住脑袋,急匆匆地在雨里跑着,追赶巴士或出租车,好赶回家里去。行人中有个三十八岁的男子,名叫文森特·罗森博格,他迈着沉着却不假思索的步子,向"托尔多尼"走去。那是一家名流出入的时髦咖啡馆,不仅能碰见豪尔赫·路易斯·博尔赫斯①和一些探戈明星,还

---

① 豪尔赫·路易斯·博尔赫斯(1899—1986),阿根廷作家、诗人。

有奥特加·伊·加塞特①、罗歇·凯卢瓦②或阿图尔·鲁宾斯坦③那样的欧洲流亡人士。文森特是个年轻的犹太人，或者说是个年轻的波兰人，年轻的阿根廷人。实际上，1940年9月13日这一天，文森特·罗森博格并不知道自己究竟是什么身份。走进咖啡馆，他立刻瞥见自己最好的朋友阿里尔·艾德尔松那高大的身影，正坐在吧台对面靠墙的那排小圆桌前，面前放着一杯咖啡，两只胳膊肘支在大理石桌面上，边读报纸边等文森特。不远处就是后厅的台球桌。他旁边的年轻人叫萨米·格伦菲尔德，他们常在一起。萨米跟往常一样神经兮兮的，脸朝里面，盯着台球桌上的战况。文森特跟他们握过手，抖了抖厚羊毛上衣上的几滴水珠，挨着朋友们坐下，侧过脑袋去看报纸头版上的标题："在欧洲，英伦战况惨烈，纳粹开始把犹太人集中到封闭

---

① 奥特加·伊·加塞特（1883—1955），西班牙记者、哲学家。
② 罗歇·凯卢瓦（1913—1978），法国作家、社会学家。
③ 阿图尔·鲁宾斯坦（1887—1982），波兰钢琴家。

的社区里居住"。被阿根廷人叫作"大熊"的阿里尔把报纸合上,重重叹了口气。

"我可受不了犹太人,我一直很烦他们。就是因为我妈也将像外婆一样,变成一个讨厌的犹太女人,我才决定走的。"

萨米侧盯着台球桌,回应他说:"跟我妈比起来,你妈还不算太烦人。"

阿里尔有点不好意思地把目光投向文森特,可文森特一副心不在焉的样子。他只好继续跟半背对着他们的萨米说:

"最糟糕的是,她二十岁的时候只想着一件事:离开小镇去城里生活。那会儿她也嫌我外婆烦,就跟我如今嫌她烦一样……"

"不管烦不烦吧,你不还是让她横跨了大西洋,来到了你身边。"

"也是啊,就算再烦,也还是会想念。"

萨米被阿里尔一本正经的语气逗乐了,爆发出短促而响亮的笑声,听上去像有人打了个响指。文森特却始终愁眉不展，一言不发。几个月来，他完全不想讨论欧洲发生的事情。

"你是怎么了，文森提①？是因为天气太好了你才不开心吗？"

文森特转向阿里尔，嘴角挂着一丝微笑。他跟阿里尔是在华沙入伍时认识的，当时两人都才十八岁。在布宜诺斯艾利斯认识的人里，只有阿里尔还这么叫他。

"我母亲也是因为受不了她父母，才在我小时候就带我们离开了海乌姆②。"

文森特敷衍了事地回了这么一句，萨米却设法从这番无足轻重的谈话中总结出点道理来。1928年，在从波尔多到布宜诺斯艾利斯的船上，萨米认识了文森特和阿里尔。在这举目无亲的城市里，他就像抓住救生圈一样死死缠着他们俩。萨米说：

"自古以来就是这样，对吧？我们开始都爱父

---

① 文森提（Wincenty），文森特的波兰语名字。
② 波兰东部城市。

母，后来就觉得他们讨嫌，再后来就离开他们……或许犹太人的天性就是这样……"

"对……或者说人都是这样吧。"

这句带有格言意味的话像死鸟从天而坠一样，砸在桌子上，出人意料地引起了久久的沉默。然后，阿里尔又一次问文森特：

"你有消息吗？"

"没有。上一封信是三个月前收到的。我都不知道六月份寄给她的十美元她收到没有。"

"我问了雅各布，他成功地逃到美国的表兄来电报说，华沙连邮票都搞不到……"

文森特不想让朋友们担心，努力挤出一个勉为其难的微笑，起身去了卫生间。他并没那么内急，只是这段时间以来，他没法再跟朋友们聊这些没完没了的话题。每次从过去和家庭说起，最后都会引到微妙的政治话题，扯到欧洲的时局。

萨米和阿里尔继续聊着战争。文森特待在托尔多尼宽敞的盥洗室里，慢腾腾洗完手，直起身来，瞥了镜子里的自己一眼。他五官的线条细腻,几乎有一种轻盈感,嘴唇、眉毛、小巧的鼻子、精致的胡子(不管收入好坏,他坚持一周去全城最好的理发师那里修剪两次),就像是某个中国书画家用细细的毛笔画出来似的,由浓变淡,逐渐消失。他的外表给人印象最深的,并不是宽宽的额头、高高的颧骨、碧绿的眼睛或红色的头发,而是一种薄雾般不可捉摸的感觉,时而是辛辣的幽默,时而是淡淡的忧郁。

擦干双手,文森特离开装饰着冷冰冰的大理石和白色瓷砖的盥洗室,回到铺着赭石色地毯的咖啡馆大厅。他重新在朋友们身边坐下,亲昵地看着他们,眼神里还带着一丝嫉妒:文森特的母亲和哥哥还在波兰,萨米却是全家一起逃离了旧大陆,阿里尔也在来阿根廷三年后的1937年,说服了父母和妹妹来到布宜诺斯艾利斯与他团聚。

"……尽管有著名的马其诺防线,法国人还是创下了最快的溃败新纪录。"

"法国人甚至还不如我们！"

"你们是另一回事：都知道波兰人从来没打算真打仗。"

"说起打仗，你们俄国人倒是最爱打仗了，特别是打自己人！"

萨米恼火地长叹一口气。但阿里尔像个大哥哥一样搂住他的肩膀，两人便停止了争执。

"不管怎么说，政府搬到哪儿都比在伦敦好，据说那儿炸弹落得跟下雨一样……你说呢，文森提？"

文森特迟疑着未及开口，萨米就替他回答说：

"伦敦……巴黎……华沙，咱们能跑到这儿还真是幸运啊，是吧？"

为了掩饰内心的折磨，文森特向外面看了一眼，装作想知道是不是还在下雨。阿里尔趁机对萨米使了个眼色，提醒他文森特的母亲还在波兰。萨米咬了咬嘴唇，表示明白自己说漏了嘴。大家一时都沉默了，气氛有点尴尬。为了让自己的好友轻松一下，阿里尔很快转移了话题，问文森特刚开的家具店生意怎么样。文森特想宽慰阿里尔，于是尽量回答他的问题；萨米为了彻底改变沉重的气氛，又讲了个笑话，嘲笑阿根廷人对笨拙家具的喜爱。但这些努力都无济于事，虽然三人一直在说话，一种沉重、冰冷的沉默还是包围了他们，填满了每一个眼神、每一丝笑容之间的空隙。

三个朋友喝完咖啡，又各自要了一杯杜松子酒，然后又要了一杯。最后，他们从衣架上取下外套穿好，走出了咖啡馆。他们在人行道上站了一会儿，躲在屋檐下，不痛不痒地聊了几句。文森特点上一支统帅牌香烟，萨米不耐烦地跺着脚，阿里尔舒展着大熊一般的身躯，满意地长吁一口气：尽管时局不好，可毕竟到周末了，他打定主意要高高兴兴的。

"好吧……跟我们去吗？今天好歹是13日星期五啊！"

阿里尔想让自己的好友在即将到来的周末兴奋一下，便邀请他去巴勒莫看赛马。文森特回绝了。

他虽然喜欢赌马，可现在觉得很疲劳，想回家。阿里尔没有再坚持：文森特是三人中唯一有孩子的，他们总得让他有时间安安静静地回家待着。

阿里尔拥抱了文森特，萨米与他握过手，两人就走了，留下他自己在屋檐下把烟抽完。文森特把烟头扔到远处，抬头望了望天。雨看上去要停了，他朝着帕拉纳街的公寓走去。几个月前，他跟罗西塔和孩子们一起搬到了那里。那是在一栋旧楼第四层的一套小三居，离他新开的家具店只有一百多米。八点半他就进了门，穿过门厅的时候，到家了的念头在他心里激起了一种安详的喜悦。他们只是为了离商店近一些，才搬到这套简朴的公寓里，安顿下来也不过几个星期而已，但他心里却有一种全新的感受，仿佛这里已经是，也将永远是他的安居之地。

"你有自己的家了吗？在家里吃饭吗？家务活你怎么安排？把这些都给我讲讲，亲爱的。没有你的消息我都要急死了……"上楼梯的时候，他脑子里蓦地浮现出母亲寄给他留局待取的一封信里的句子。"是的,现在我总算可以说,我有家了。"他在心里默默地回答,一边回想着这些年来,母亲因为自己不及时向她告知近况而对他生的种种抱怨:"亲爱的文森提,我认真地请求你,写信,写信,快给我回信。""又没你的消息了,我真是无比伤心。""我求求你,给我写几句话吧。给你母亲写几句话就这么难吗?""哀求你给我写只言片语。我多想再见到你啊。只要我活着,这就是我唯一的梦想。""我求你了,文森提,哪怕就几行字。做母亲的没有孩子的消息,这多让人绝望啊!""一个人怎么可能把母亲彻底忘了呢?"离开华沙的时候,母亲让他发誓,一周给她写一封信。文森特只在到布宜诺斯艾利斯的头一年信守了承诺,母亲却始终每个月给他写好几次信,一直坚持到1938年。1929年,1930年,1931年,文森特每次收到母亲的来信,都抱怨她的指责。1932年,1933年,1934年,母亲一如既往地指责他,他却开始觉得好玩了,有时与阿里尔一起拿这件事说笑。1935年,1936年,1937年,他对母亲的信无动于衷了。1938年,1939年,1940年,这三年,换成他为常常收不到母亲的消息而着急了……

文森特刚踏进家门,他的两个女儿——四岁的玛莎和六岁的厄休拉——就跑了过来,扑进他的怀里,仿佛要证明他进家时感受到的那种安宁。

"晚上好,上尉先生!"

"妈妈,妈妈,上尉回来了!"

罗西塔靠在她父亲制造的最新式的摇椅里,正在给他们的儿子,还是个大胖婴儿的胡安·何塞读故事。她抬头对丈夫一笑,又低下头,安安静静地继续读翻开的奥拉西奥·基罗加①的书。文森特走到她背后,双手环抱住她,吻她的脖子。罗西塔把一只手搭在丈夫的手上,一边用力地把他拉向自己的肩膀,一边把儿子紧紧抱在怀里。

---

① 奥拉西奥·基罗加(1878—1937),乌拉圭作家,被誉为"拉美短篇小说之王"。

"工作吧……工作,并意识到,我们努力的目的——众人的幸福——都高于个人的劳累。人们把这叫作'理想',此言不虚。在一个人或一只蜜蜂的生活里,没有其他哲学了。"

罗西塔念完了基罗加的这篇童话,站起身来,把儿子放到地毯上,告诉大女儿把她的那页习字写完,吩咐小女儿陪着弟弟玩,然后转身进入小小的厨房准备晚餐。与丈夫相反,罗西塔的五官略显粗犷,有点松弛感,但面相非常和善。她的眼神和笑容洋溢着乡野气息的温柔,让人联想到泥泞、湿润而宽厚的大地。她圆润丰满,具有从文艺复兴时代到十九世纪都备受赞美、如今却被极力贬低的那种女性美:身材结实,溜肩,乳房娇小,肤如凝脂。初次见到她的第二天,文森特就禁不住激情洋溢地对阿里尔说:"她的眼神那么温柔,雀斑都像喜极而泣的泪珠挂在脸上。"罗西塔和文森特性格迥异,却在一件事上惊人地相似:两人都有一种说不上来的,苍白、无声的脆弱,这说明他们童年时都曾被极度溺爱。这个共同点使夫妇俩非常恩爱，同时又互相怀着兄妹般的情谊。

文森特在鱼龙混杂的彭沛亚区一家乱糟糟的探戈舞厅认识了罗西塔的哥哥莱翁，莱翁请他在一家叫"理想"的高档茶室吃饭，把妹妹介绍给他。文森特很快就对姑娘产生了单纯而热烈的爱慕。几个月后，姑娘的父亲就答应了他的求婚，这越发使他相信，只要跟她在一起，一切都会永远简单快乐。

不过，最开始，罗西塔的父亲皮尼·扎比尔对这个刚到布宜诺斯艾利斯没多久的波兰求婚者印象并不好。"穿得太讲究了，不像个老实人。"在文森特初次登门拜访的那天晚上，他就是这么对妻子说的。那是个闷热的星期天，他们的家宅紧挨着老皮尼三十年前刚到阿根廷时开的家具厂。可他最宠爱的女儿罗西塔一心想结婚，他只好让步。

文森特当时几乎没觉察出未来的岳父一开始对他有点怠慢。他年少入伍当过军官，后来在华沙大学学法律，虽然没有完成学业，可足够让他一到布宜诺斯艾利斯就带着优越感，尽管口袋空空，却游刃有余地摆出一副公子哥的派头。文森特的祖父母从乡下小镇搬到海乌姆，他十二岁那年，父母又从海乌姆（他父亲在那里靠做珍贵木材的生意发了财）搬到了华沙。家境富裕，又在首都长大，这不仅使他摆脱了大多数犹太孩子都有的自卑，还给了他足够的勇气。父亲死后，他到了十八岁便入伍参军，在军队里认识了阿里尔，并很快从一个普通士兵升为军官，少年得志。

一战结束后，波兰勉强算得上是个国家。境内流通五种货币，有九种不同的司法体系；但边境争端此起彼伏，最后无一例外都演变成小规模战争：波兰-乌克兰战争，波兰-立陶宛战争，波兰-捷克斯洛伐克战争。正如丘吉尔预测的那样，"巨人"之间战火方息，"小矮人们"硝烟又起。

一开始，文森特狂热崇拜的毕苏斯基元帅认为，对波兰来说，布尔什维克要比一个恢复元气的俄罗斯帝国更好打交道，于是他无视英法两国为促使他加入反苏维埃同盟而对他施加的压力。他的态度无疑在1919年救了列宁政府一把，但他很快反戈一击，与乌克兰结盟，向苏维埃开战。可是，就是这位一战时把波兰军团引向解散的将军、被英法两国当作一个迟早会把波兰引向毁灭的不靠谱盟友、被俄国人当作只会带来帝国主义和毁灭的同盟国走狗、被所有人认为只会凭着他的庸才让波兰分崩离析的毕苏斯基，1920年，凭着一场用兵奇诡的华沙战役，给苏维埃的进军画上了句号。毕苏斯基的计划看上去那么天真、外行，连他自己部队里的高级军官和军事专家们都指责他缺乏军事素养。苏维埃搞到了这个计划的一份副本，图哈切夫斯基将军看完后觉得这肯定是个圈套，于是把它抛到脑后。

1920年8月15日凌晨，约瑟夫·毕苏斯基元帅（在这之后成了国父）的军队，发现了苏维埃布兵的漏洞，随之潜入他们的战线，冲破苏军的前线，杀敌无数。苏维埃进军的步伐戛然而止，再也没能卷土重来。这就是后来史上有名的"维斯瓦河奇迹"。

苏维埃为自己的错误付出了苦涩的代价：这是红军历史上最惨烈的败绩之一。毕苏斯基不经意间成了军事天才，比肩亚历山大大帝、恺撒、腓特烈二世、纳尔逊和拿破仑。甚至有人传言，法国驻波兰使团的一位年轻官员夏尔·戴高乐，从苏波战争以及这位神奇政治家的生涯中，总结出许多有益的经验……

文森特参加的正是最后这场战役。到阿根廷后，为了用简洁的方式叙述他往日的军旅生涯，他每次都只说自己帮助毕苏斯基解放了波兰。他尤其喜欢逗他的"大女儿"厄休拉，说他刚被升为上尉，眼看波兰就要打输了，于是脚底抹油溜了，还说他得到的唯一一枚军功勋章，就是为了表彰他在几千个士兵中跑得最快。文森特·罗森博格为什么宁愿贬低自己的军功，而不是自我吹嘘呢？为什么他不愿意继续行伍生涯，留在军队里一步步往上爬？他自己也说不清楚。征战沙场，追随他青年时代的英雄毕苏斯基，都没能够满足他那少年灵魂中的渴望。战争结束了，作为战胜者的他，黯然解甲，回了华沙。

他母亲库斯达娃·歌德瓦格，说服他去上大学读法律。那时她的大儿子贝尔纳，大家都叫他贝尔，马上要从医科专业毕业。库斯达娃像所有标准的犹太母亲一样，梦想着一个儿子是医生，一个儿子当律师。然而文森特志不在此，他梦想着离开这危机重重的旧大陆，去一个遥远、辽阔的世界。而且，他喜欢拿那些留在乡村聚居地的犹太人开玩笑，有时候觉得自己都有点反犹情绪，但他还是难以忍受波兰同胞对犹太人的敌意。不谙世事的年轻学生就敢嘲笑他，只因为他们是纯种波兰人，这让他怎么能忍受？他可是与毕苏斯基并肩战斗解放了这些人的祖国啊！

文森特记得他在海乌姆的童年，记得女教师让大家写短文讲讲暑假怎么过的时候，他受了多少嘲笑，就因为他的作文是用意第绪语，而不是用波兰语写的。其实他两种语言都运用自如，只不过不知道在学校里应该用哪一种，又不该用哪一种。他哭着跑回家，连哥哥贝尔和姐姐瑞秋都笑话他。文森特还记得他们住的街道，他们的左邻右舍，他们的海乌姆社区，那里人人都讲意第绪语，他也讲意第绪语。到了布宜诺斯艾利斯之后，这门语言与他渐行渐远。他还记得，他们家搬到华沙几年后，有一次表亲们从赫鲁别舒夫①来做客，他看到他们还戴着犹太小圆帽，留着辫子，一身黑衣，心里涌起一种异样的感觉：似乎自己已经不再是犹太人了，包括他的哥哥、姐姐和母亲。从那次后，尽管童年的记忆还在，这种感觉却越来越强烈。

"是什么原因，让我们认定自己是某一种人，而不是另外一种人？我们为什么会说自己是犹太人，阿根廷人，波兰人，法国人，英国人，律师，医生，教授，探戈舞蹈家或是足球运动员呢？是什么原因，让我们有时说起自己的时候，能那样确

---

① 波兰东南部城市。

信，自己就是某种特定的存在，某种简单、恒定、不变、可以把握、可以一言以蔽之的存在？"像许多流亡者一样，离开波兰后，文森特时常问自己这些问题，偶尔也能想出答案——很多答案，太多了！——可从来没有一个说法让他觉得真正回答了问题。

父亲死于心梗时，文森特才十五岁，从那时起他就对毕苏斯基产生了无限崇拜。他入伍参军很可能是想证明，自己虽然是犹太人，但更是波兰人；也许是因为他跟许许多多波兰中学生一样，在一战结束的时候，梦想着拥有一个强大、自由的波兰。他之所以决定离开波兰，也许是觉得自己被毕苏斯基背叛了，因为这个他精神上的父亲，整整一代人的英雄，居然突然退出了政坛。也可能是因为他在大学因犹太人身份而受到种种侮辱，又或许是他想逃离整个欧洲大陆即将深陷其中的苦难，或一心向往美洲。或许原因更简单，他像那个时代的许多人一样，离开华沙时想着在外国发财，然后衣锦还乡。他以为他会再回来,与母亲、姐姐和哥哥重逢。他离开的时候,也许从未想到,自己再也不会回来,再也见不到他们了。

总之,1928年,他与好友阿里尔·艾德尔松一道,从波兰出发,先到了阿姆斯特丹,然后是巴黎、波尔多,在那里搭上邮轮,前往布宜诺斯艾利斯。那时毕苏斯基已经回心转意重返政坛,成了波兰的终身司令官,反犹风潮也从华沙的大学里销声匿迹,短暂地平静了几年。

1928年4月,文森特·罗森博格到达布宜诺斯艾利斯,口袋里只有很少一点钱和他叔叔写给波兰银行布宜诺斯艾利斯分行(十五年后,另一个波兰人维托尔德·贡布罗维奇①在同一家银行工作)的推荐信。但他并没去当银行职员,而是到处打短工,做了些不清不楚的小生意,很快就混成一个不能算有钱,但是时髦、讨女人喜欢的年轻人。他学

---

① 维托尔德·贡布罗维奇(1904—1969),波兰著名小说家、剧作家。

会了跳探戈,经常跟阿里尔和萨米一起去探戈舞厅,并通过萨米认识了罗西塔的哥哥莱翁。

　　罗西塔的父母是在1905年带着她两个姐姐奥尔加和爱思黛以及哥哥莱翁来到布宜诺斯艾利斯的。罗西塔是家里第一个在阿根廷出生的孩子,很快就成了父亲的宠儿。十八岁中学毕业后,她毫不费力就说服了父亲,让她继续学业,去拉普拉塔大学读药物学。莱翁跟她提起文森特时,她刚上大二。一开始她很犹豫,是不是要为初恋放弃一切。她知道,一旦中止学业,自己就会变成家庭主妇,跟母亲和两个姐姐一样(也跟从前的无数代女人一样)。但她最后还是放弃了一切:比起变成家庭主妇,罗西塔更害怕错过她在那么多小说里读过的,还有她大多数闺蜜说过的"el hombre de tu vida"①。再说了,文森特跟她的姐夫们,跟她的父亲也不完全相像:文森特读过书,穿得那么体面

---

① 原文为西班牙语,意为"你的真命天子"。

漂亮，喜欢跳舞、聊天、玩乐、享受生活。生活对他而言，似乎不只是生孩子和做生意、发家致富。

罗西塔的家庭尽管跟文森特家一样富裕（她祖父在十九世纪六十年代靠做雪茄发了财），可没什么文化。在她出生前不久，他们才离开基辅乡下进城。正像起初寄希望于药物学一样，她觉得文森特能带给她一种新生活，一种全新的、彻底的变化，让她永远摆脱她在其中长大的那个家具厂的天地。

她父亲皮尼·扎比尔没有被文森特的外表所迷惑。他之所以不信任这个波兰公子哥儿，也不全是因为他尽管穿得体面，实际上却比他们穷。更重要的原因是，他从文森特身上看到了与女儿看到的类似的东西，而他不想从此失去自己最爱的女儿。她是家里第一个愿意读书的孩子，他指望她将来能"成个人物"，嫁给阿根廷某个良好家庭出身的医生、律师或建筑师，而不是人见人爱的波兰小混混。可父亲最终让步了，于是罗西塔结了婚，去了乌拉圭度蜜月，住在加拉斯戈赌场大饭店。罗西塔和文森特整整一个星期都消磨在轮盘、舞池和沙滩上，跳舞、做爱、尽情玩乐。那时候文森特就已经迷恋赌钱了，可他只能赢，不能输。他手气不佳的时候，罗西塔总能安抚鏖战到黎明的他，让他很快转怒为喜。

幸福的时候时间总是过得很快，他们的婚姻生活最初几年就是这样。夫妇俩六年间生了三个孩子，搬了四次家，文森特每三个月就换一次工作。

简而言之，到了1940年，文森特与罗西塔依然相爱如初。文森特还是那么年轻英俊、仪表堂堂，而且开了间家具店，出售岳父的家具。他成了父亲，罗西塔自然成了主妇。文森特早就忘了意第绪语，学会了地道的阿根廷话。除了好朋友阿里尔，没人再管他叫文森提：大家都叫他文森特。他在心里把自己当成了阿根廷人，而不是犹太人，也不是波兰人。

这一天，9月13日，星期五，吃过晚饭，罗西塔收拾厨房，文森特去哄孩子们上床睡觉。他又给孩子们讲起那个讲过无数遍的故事，孩子们——主要是女儿们，因为儿子还太小，没法真正理解故事的含义——特别喜欢，每次睡觉前都要再听。那是个古老的犹太传说，或者说是个新鲜的家族故事，说他们家之所以姓罗森博格，是因为一个叫E.T.A.霍夫曼的德国诗人。在拿破仑时代，政府决定把所有犹太人都登记在册。霍夫曼当时是普鲁士的一名法庭文书。所有犹太人都要去法院报到，以便分派给他们一个姓氏。这位德国诗人很可能受了北美印第安人的启发，给所有他负责登记的家庭都设计了诗情画意的姓：金树、晨曦、钻石森林，或者罗森博格，意思是"玫瑰山岭"。

"可是在这之前呢，上尉？之前咱们姓什么？"

文森特讲完故事，小女儿玛莎破天荒地问了他这个奇怪但又理所当然的问题。

"噢，我觉得可能是姓……不对，好像应该用父亲的名字做姓……或者是出生地……也许是职业……其实我也不知道,我早就忘啦!"

另一个女儿厄休拉坚持要他努力想想。文森特只好说,他得问问她们的祖母,而她们都知道祖母在波兰;万一她也不记得,她肯定会问其他记得的亲戚。然后他站起身,熄灭了灯光。

"我保证给她写信问问。"

文森特吻了女儿们的额头,也吻了吻已经睡着的儿子,然后走出儿童房。在走廊里,他看向半开着门、透出微光的厨房,但他没有穿过那短短几米的走廊去找妻子,而是靠在墙上,一个人站在黑暗里,陷入了沉思。他想着刚才跟孩子们说的话,有点内疚:他心里清楚自己可能要食言。当然了,他可以信守诺言,写封信问问母亲,他们在姓罗森博格之前姓什么,但他知道十有八九得不到答案。

他觉得不会收到母亲的回信。她已经几个月没回过他的信了。

第二天（不是他给孩子们讲了N次霍夫曼故事的1940年9月13日星期五的第二天，也不是那天后面一天的第二天，更不是另外一天的第二天，总之不是任何特定的第二天，而是某个第二天，某个既具体又不具体的第二天，某个既具体又不具体的日子的第二天，换言之，是某个既确定又不确定的第二天），文森特迈着笃定的步子走出家门。像每个男人一样，也就是说像所有男人一样，不管他早上起床的时候心情好还是不好，文森特的步态依据情境呈现不同的特点：有时胸有成竹，有时犹豫不决，有时偷偷摸摸，有时匆匆忙忙、急不可耐——有时像这天一样，步伐笃定。这一天，就是说在这个既泛指又特指的第二天，他之所以显得笃定，是因为要去面试几个求职者，他们都看了昨天他在《世界报》上登的招聘启事。走到家具店时，文森特毫不意外地看到其中有两个年轻人，一个满头金发，一个深色皮肤，还有一个长着络腮胡、神情不太和善、年纪大得多的人，他们在店门前等待着。文森特拉起卷帘铁门，先让年纪大的男子走进昏暗狭长的店里，他岳父做的家具就摆在那里。他先让这人进来，并不是看中他样貌不善，而是文森特几乎肯定自己会先把他排除掉。听完那人花了十几分钟历数自己三十五年来做过的销售工作，他立刻就决定了不要他。男人说他什么都卖过：化妆品、维修用品、书籍、手表、畜牧用品、假发、鞋子、首饰，甚至汽车。这人真的几乎什么都卖过：除了家具。

"不巧了。"

"不巧？可是……不巧……不巧什么？"

"不巧我们这儿卖的就是家具啊！"

大胡子用目光在店里扫视了一圈。

"对，我知道，一看就知道……"

"所以啊,不巧了。"

男人笑了笑,一脸狐疑,不知道文森特是在开玩笑呢,还是在正经说话。文森特站起身,把他送到门口,强行停止了面试,不想让对方看出来,他自己也不知道话里有没有说笑的成分。

第二个被请进来的是棕色皮肤的应聘者。说棕色不够确切:他的肤色非常深。他的深棕肤色与另一个人的金发形成了鲜明的对比。两人的发色和肤色截然相反到有点可笑的地步。叫深肤色男人进来之前,文森特忍不住用锐利的眼神把剩下的应聘者打量了一番。深肤色的年轻人也介绍了自己的工作经验,他之前主要在餐馆当服务生,也在加油站干过,不过他自称很想"换个行业"。

"您是阿根廷人?"

年轻人看了他一眼,带着点被冒犯、感到烦躁的神情:他的口音明显表明他来自西班牙。

"不是,我来自拉科鲁尼亚①。我到布宜诺斯艾利斯才六个月。怎么了?"

"没什么。"

文森特问了他的住处是否有电话,并记下了号码,然后把他送到门口,说会给他打电话。他知道自己根本就不会打。文森特久久地注视着肤色非常非常深的年轻人穿过街道。这个年轻人慢慢走远,又回头张望着,对这个古怪老板的奇怪举止感到吃惊。接着他把头发非常非常金黄的年轻人请进了商店。头发非常非常金黄的年轻人非常非常自然地在他对面坐下,点点头表示感谢。文森特默默打量着他:他衣服穿得一丝不苟,有一副小巧的薄嘴唇和精心修剪的小胡子。简单来说,除了年纪小十岁到十五岁的样子,他与文森特非常相像。文森特一眼就选中了他。他不知道自己为什么立刻就选择了他,但除了外表相似外,这人身上还有另外的什么

---

① 西班牙西北部城市。

东西让文森特非常喜欢。

"您做过销售吗?"

金发青年还是点了点头,但没有回答。

文森特追问道:"您卖过家具吗?"

金发青年给了他一个灿烂的笑容,但还是一声不吭。

"您不会讲西班牙语,是吗?"

青年羞涩地摇了摇头,表示这最后一个问题他听懂了。文森特会意,改用德语问他,是否在家具店工作过。

"从来没有。"

"那您以前做过什么工作?"

"我从来没工作过。"

金发青年又灿烂地笑了一下,那笑容绝对倾倒众生。

他名叫弗朗茨,来自不来梅,与父母一起逃离了德国,到布宜诺斯艾利斯才三个星期。虽然看上去有二十五岁到三十岁,其实才十八岁。文森特当场雇用了他。年轻人第二天就上班了，其实就是站在商店门口，等顾客上门。文森特坐在办公桌后，看着他在门前走来走去。有了帮手，他可以当甩手掌柜，这让他感到莫名的心安。路人们浏览了橱窗后，都被弗朗茨无声的灿烂笑容吸引，走进商店，离开的时候大多都买了不少东西，销售额对比文森特给弗朗茨的那份他忙不迭接受的微薄薪水，绝对物超所值。

文森特有时自问为什么会雇佣他，为什么第一眼就选择了他。一段时间后，直到1940年12月9日星期一的早上，文森特才第一次担心弗朗茨是不是犹太人。那时弗朗茨已经在家具店干了三个星期，凭着笑容吸引了越来越多的客人。出于礼貌，文森特没好意思问他这个问题。但这一天，他突然意识到，自己看到他时，心里的第一个念头是：这小伙子是个德国人。而这就是他选择这个小伙子的唯一原因。尽管几个月后，他会对任何冠以"德国"这个定语的事物说"不"。

1940年12月9日星期一，上午晚些时候，阿里尔来到文森特店里，带他去离家具店不远的一家老餐馆艾尔因帕恰尔吃午饭。文森特已经连续三个星期没有参加他们周五晚上在托尔多尼的传统聚会了。阿里尔与萨米商议了一下，决定来看看他们的朋友到底碰上了什么烦心事。阿里尔问候了像根火柴棍一样站得笔直、立在店门右侧笑容满面的弗朗茨。一走进商店，他就发现文森特的脸色很不寻常，似乎有某种既显而易见又不可捉摸的东西改变了他五官的样貌：一种疲惫感让他显得比往常更疏离，更心不在焉了。阿里尔没说话，在店里转了一圈，看了看新到的家具，唠叨文森特的新雇员会给他增加开支，然后两人就向维多利亚街和萨尔塔街的交角走去，餐馆就在那里。

午饭时分，布宜诺斯艾利斯的市中心总是熙熙攘攘，到处是行色匆匆的男人、卖各种东西的小贩、穿着时髦进出商场的女人们。马路上的车流中夹杂着运垃圾的马车，尽管热得透不过气，大多数男人和孩子们都穿着西装，打着领带，还有很多人跟文森特与阿里尔一样，戴着帽子。艾尔因帕恰尔的大堂里坐满了客人，两人被安置到大厅中间的一张桌子上，周围桌上的食客们热烈讨论着各种话题：从前一晚的足球赛（虽然两天后才是决赛，但博卡青年队以五比二大胜排名第二的独立队后，已经胜券在握），到美国正与南美各国谈判签署军事协议，以便在遭受外来入侵时互保。但阿根廷人不信任乌拉圭人，乌拉圭人信不过巴拉圭人，巴拉圭人信不过智利人，智利人又信不过阿根廷人……一句话，罗斯福的斡旋短期内看来不会有什么结果。

饥肠辘辘的阿里尔夺过菜单，建议文森特点一份双人海鲜饭，但文森特的注意力全被右边邻桌三个商人的政治话题吸引了。阿里尔见他不置可否，就听从侍者加斯东的建议，要了一客火腿、两人份墨鱼饭和一瓶里奥哈红酒。文森特把目光从三个商人那桌收回来，瞥见左边独坐喝咖啡的男人在桌上放了份报纸。他做了个手势，问对方能否借阅。拿过报纸，他迅速浏览了国际政治版，除了北美的外交斡旋，主要内容是希腊和南太平洋局势。文森特忧心忡忡，眼睛盯着报纸，一边问他的朋友：

"你知道我很少看报，不过你……你有什么消息吗？我是说，你知道咱们那儿情况怎么样吗？"

"咱们那儿？"

阿里尔很久都没听到文森特用这个字眼提到波兰了。

文森特笑了笑说："对，咱们那儿。"

文森特完全明白朋友为什么吃惊。两人之间无须解释，只需交换一个简单的眼神，就心照不宣了。

"据说华沙也开始造墙了……"

"对，就跟罗兹一样。别处要么是栅栏，要么是带刺的铁丝网。可咱们那儿，在华沙，直接就造了一堵墙！"

阿里尔什么报都看。阿根廷当地报纸，还有少数几份能在布宜诺斯艾利斯搞到的欧洲和北美报纸，后者常常滞后几个星期。他还能出入首都各大日报的编辑部，如《评论报》和《民族报》。他有个表兄，阿莱约·穆什尼克，给《犹太思想报》写稿，那是布宜诺斯艾利斯犹太社团办的报纸之一。1940年，在南半球的这个初夏，许多人都对纳粹的反犹做法有所耳闻：纳粹剥夺了犹太人的财产，强迫他们集中居住，第一批军车进入了波兰总督府①，华沙开始建立封闭社区，造起了高墙，把犹太人孤立起来，然而全世界对犹太人隔离区里的生活几乎都一无所知。比起大多数人，包括从未踏足欧洲的阿根廷本地人，作为波兰犹太人的文森特，消息更加不灵通。他当然知道，德国人在1939年9月入侵了波兰。数十年以来，德国人与波兰人、俄国人一样，始终如一地仇恨犹太人。自1933年以来，这种仇恨变本加厉，对此他心知肚明，但从来没想过要去搞清楚，留在华沙的母亲、哥哥以及跟

---

① 德国占领时期波兰政府的名称。

着丈夫成功逃到俄国的姐姐面临着什么样的危险。德国人新近在华沙为隔离犹太人建起的围墙，只圈了三平方公里的弹丸之地，却要让近四十万人居住。四十万人，只能挤在小得不能再小的房子里。相当于全城百分之四十的人口，挤在百分之四的土地上，每平方公里十二点八万人。人口密度相当于如今巴黎市区的六倍，全世界人口最密集的城市达卡①的三倍。

第一步，德国人先是强迫住在华沙不同街区的犹太人搬到隔离区，接着轮到华沙周边乡村的犹太人。街道上人满为患，大多数人居住在极小的空间里。在这个人口过多的地狱里，十多万人将在两年内冻死饿死，十多万人死于大规模流放和枪决，后来纳粹每天把成千上万的人运到集中营，投进彻底工业化的死亡机器。

战争爆发之前，文森特拒绝看欧洲的新闻，

---

① 孟加拉国首都。

宁可闭口不提。1939年9月到1940年5月"奇怪战争"①其间，他甚至常说，报纸也许"说了些小谎"才编出这么些匪夷所思的故事。后来，他又开始认为，了解情况也无济于事，虽然他没对朋友们这么说。隔着一万两千公里，他们又能帮什么忙呢？至于回波兰参战，算了吧，这种事他已经干过一次了，不想重蹈覆辙。他上过战场，甚至成了波兰军队的上尉。但仗打完后，他在大学里见识了同学们是如何"感谢"他解放祖国的：他们侮辱他，说他是"犹太人"，好像犹太人就不能是波兰人一样。如今再回去为同胞上战场，又有什么意义呢？再说了，如今谁是他的"同胞"呢？1940年的文森特也许不确定自己究竟是犹太人还是阿根廷人，可他知道自己残存的那点波兰身份，已经不足以支持他再像曾经那样为这个国家战斗了。

"你还记得黛博拉吗？……没错，就是我妹

---

① 假战，怪战，又称"静坐战"，指英法虽因纳粹德国对波兰的入侵而宣战，但双方实际上只有轻微的军事冲突。

妹的那个朋友，后来嫁给了在普茨纳当牙医的内森……她给我妹妹写信说，他们家的公寓被没收了，现在十二个人住在一个房间里……"

文森特听好友讲着四处打听来的关于隔离区的消息。阿里尔说那里有可能会发生瘟疫，据说有结核病和伤寒，甚至还有人说德国人打算把犹太人都饿死。文森特一言不发地听着，阿里尔过了一会儿才察觉到，他身上有一种无边的愁苦和无声的绝望。

"文森提，你没事吧？"

文森特耸了耸肩。他们吃完饭后，喝了咖啡。走出餐馆的时候，阿里尔再次把目光投向好友：

"你确定没事吗？我能帮你做点什么？你看起来有点……"

文森特没让他说下去。他用脑袋微微示意，让阿里尔放心，接着就向家具店走去。阿里尔目送他走远，心里琢磨着，好友是不是真的碰到了什么事情。如果不是有特别的原因，刚才吃饭时，他为什么比开战以来更加沉默寡言。

阿里尔看着文森特慢吞吞地走远，转过了街角。他无可奈何地点上一支烟，带着对好友的满心疑惑，走上了回家的路。文森特则继续朝商店的方向走，脚步还是那么缓慢。他一边走，一边陷入了沉思。阿里尔的担心是对的：他确实碰到了事情，一桩他没有跟任何人说过的事情，这件事改变了他看小弗朗茨的眼神，让他变得比以往更加难以捉摸。文森特没告诉朋友的是什么事呢？这段时间以来，他无意间从电台、咖啡馆、报亭或街角听到的零星消息，让他心里产生了一种恐惧，搅得他无心再流连于托尔多尼咖啡馆，无心与好友相聚。1940年12月9日星期一早上，去家具店上班之前，发生了一件事，印证了他的恐惧：邮递员交给他一封从华沙寄出的信，信封上贴着德国邮票，盖着战鹰邮戳。他立刻认出了母亲的笔迹。

亲爱的儿子：

谢谢你寄来的美元。你可能听说了德国人造隔离墙的事。幸好西纳街在墙里，这是我们的运气，否则我们就得扔下公寓搬家了。现在，我们至少保住了公寓，它没被没收。日子不容易，不过我们在想办法应付。问题是人太多了，他们从别的区迁来很多犹太人，街上一片凄惨。我们的运气还算不错，虽然跟大多数人一样，很难弄到吃的。我不得已把剩下的首饰和你父亲在我四十岁生日时送我的毛皮大衣卖掉了。你记得那件大衣吧？尽量再给我们寄点什么吧！你哥哥拥抱你，他让你给他写信。

        爱你的母亲

文森特立刻给母亲写了回信。尽管心急如焚，他还是写了些安慰的话，又提出了五年前、三年前和两年前战争爆发前夕提过的建议：让他们来阿根廷找他。虽然1935年和1936年犹太人遭到屠杀，虽然欧洲各地反犹浪潮愈演愈烈,母亲始终拒绝他的提议。因为贝尔和瑞秋不愿离开波兰,而母亲不愿离开他们。文森特知道自己没法说服姐姐,因为她嫁给了一个俄国人,他相信跟俄国人在一起就能改变世界。哥哥贝尔娶了个同是医生的妻子,刚有了儿子。文森特以为,母亲能说服哥哥,带着家人一起来布宜诺斯艾利斯投奔他。他不明白,为什么母亲不愿相信,未来在他这里,在美洲,而不是在欧洲。这次,文森特用比以前更温和的语气写道,他知道现在更难了,只希望战争结束后,他们还能来阿根廷和他团聚,母亲、贝尔、贝尔的妻子、他们的孩子,包括已经跑到俄国去的瑞秋。他写道,他会安排一切,一切。

午饭后,文森特在店里待了一下午。来了两组顾客,一个单身男子,一对带孩子的夫妇。他们都被弗朗茨的笑容所吸引,买了好几件家具。今天生意不错,可文森特满脑子想的只有母亲。他脑海中突然涌现出关于母亲的种种细节:她的脸庞、双手、说话的语气、梳头的动作和做其他事的姿势。他让弗朗茨关了店门，自己朝家里走去。他走得很慢，中途进了一家咖啡馆，在柜台上把母亲的信又读了一遍。"跟大多数人一样，很难弄到吃的。"接着，他继续往家走，信就捏在手上。"我应该坚持劝她。我应该每个星期、每封信里都不断劝她来，说什么也不该让她留在华沙。"文森特1928年到了阿根廷，差不多十三年过去了。促使他逃离波兰的原因，当初是那么错综复杂、五花八门、数不胜数、极其可怕——看完了母亲的来信，他忽然觉得那些原因都无聊至极。

到家的时候，罗西塔刚刚安顿好孩子们去洗澡，开始做晚饭。文森特扫视了一遍他们几个月前刚搬进来的小小公寓。为什么这间小小的客厅里，小小的长沙发对着小小的阳台，为什么这小小的餐厅里摆着深色木头的圆餐桌和颜色更深的橱柜，为什么这小小的厨房里白色的瓷砖装饰着蓝色的花边，为什么窄窄的过道通向小小的儿童房和他们小小的卧室……为什么这个无足轻重的地方，偏偏是他一生中头一次安家的地方？文森特没去想问题的答案，甚至没意识到自己对自己提出了这个问题，只是转身面对着从厨房出来迎向他的妻子，一言不发地注视着她。

"你还好吗？"

罗西塔觉察到他神情古怪。

"你好像有点……"

文森特仅有的回答是对她微微一笑。罗西塔帮他脱下外套，挂在衣架上，注意到了口袋里露出的信封。她担心地把信封拿到手上，打量着库斯达娃那特别的、一笔一画的字体。

"她说什么了？"

"没什么特别的……我回头给你翻译。"

罗西塔没有再追问下去，她把信放在架子上，默默地拥抱了丈夫。她默默地紧紧拥着他，默默地在他额头、眼帘和脸颊上印下一个个吻。这时，孩子们突然在浴室里大声喊着叫她，于是她牵着丈夫的手，硬把他拉到浴室。

玛莎、厄休拉和胡安·何塞三个孩子都在浴缸里。他们刚才互相泼水玩，水溅了一地，肥皂泡沫进了胡安·何塞的眼睛。女孩们看见父亲，吃了一惊，一下子停止了喊叫。文森特蹲下来，亲吻了他们。罗西塔回厨房继续做饭，文森特挽起袖子，给胡安·何塞擦干。

"要不我们不在家吃了，去拉斯卡特塔斯餐厅吃怎么样？"

灶上的水已经烧开，罗西塔刚打开从街角店里买来的一盒奶酪饺子。听了丈夫的提议，她禁不住做了个恼火的表情。可裹在浴巾里的玛莎和厄休拉，听到要出去吃，立刻高兴地叫了起来，连在文森特怀里的胡安·何塞，虽然没明白什么情况，可是看到两个姐姐兴奋的样子，脸上也瞬间露出了开心的笑容。罗西塔的不愉快只持续了几秒钟，之后她也跟着笑了起来。文森特去换衣服，她给孩子们穿戴整齐，一刻钟后，他们就走出了帕拉纳街的公寓。

夜幕降临,外面终于凉爽了些。罗西塔、文森特和孩子们先往科连特斯大街走去,然后夹在络绎不绝的人流中沿街而下。他们一路被售货亭的灯光、沿途十几家剧院和书店的霓虹灯招牌晃得晕晕乎乎,一直走到了拉斯卡特塔斯。这家比萨饼店三年前才开张,如今已经很有名气。文森特把儿子扛在肩膀上,罗西塔牵着两个女儿。文森特边走边把母亲来信的内容简短地讲给妻子听。重复那些令人不快的话,虽然没能让他彻底忘掉心里永远挥之不去的内疚感,却让他完全恢复了好心情,事实上他方才到家时,孩子们已经让他的情绪有所好转。罗西塔安慰他说,至少他收到了母亲的消息,再说战争不会永远持续下去,总有一天——希望如此[①],库斯达娃会来到布宜诺斯艾利斯跟他们一起生活的。文森特顺从地听着,知道妻子这些温和的言语

---

① 原文为西班牙语。

中隐含着责备。几年前罗西塔就说过,如果他真想让母亲来阿根廷,就该给哥哥或姐姐写信,或者直接去波兰接她,可文森特一直按兵不动,甚至对她承认,自从到了阿根廷,他才明白,流亡美洲给了他独立的机会,他不确定自己是否真愿意重新跟母亲一起生活。1928年,远离母亲让他感到松了口气,而如今,远离她却让他备受折磨。

文森特和罗西塔继续走着,两人换了话题。他们先聊了大女儿的学校和她的女教师,文森特认为女教师"不称职"。罗西塔则告诉丈夫,一旦儿子到了上小学的年龄,她就要继续结婚时中断的药物学学业。

"可那有什么必要呢?家具店生意现在好起来了,今天下午卖掉了一张沙发和一整套餐厅家具,外加八张椅子!我挣的钱够了……我能一直挣到足够的钱。你不用担心。"

"我没担心啊!我只是想继续学业而已。"

罗西塔静静地端详了丈夫一会儿,看到他一脸不快，便换了温和得多的语气，补充说：

"不是现在。这事不急，我不着急。不过总有一天……我还是想总有一天……"

罗西塔没有说完。她无须多言，文森特明白她的意思。

"我的俄罗斯小姐……"

文森特柔情满怀地对她笑了笑，叫了她一声"俄罗斯小姐"。文森特认识罗西塔不久就给她取了这个外号，因为它写起来与"罗西塔"只差一个字母①。由于妻子的双手分别牵着两个女儿，他就拉起了大女儿的手。一家五口继续走着，更加亲密了。他们穿过长长的胡里奥第九大道，终于来到了比萨饼店门前。一家人跟在店门口二十多个西装革履的男子后面排队，排到柜台后，又等了一会儿。他们点了一个大份奶酪比萨饼、一个小"福佳

---

① "俄罗斯小姐"的西班牙文为"Rusita"，与罗西塔（Rosita）只差一个字母。

撒"①比萨饼、三块鹰嘴豆薄饼,给女孩们点了一瓶柠檬汽水,还要了一瓶啤酒,是一升装的"奇麦斯"牌啤酒,文森特一个人得喝掉四分之三。他们在一张小小的大理石桌子前就座。为了讨孩子们欢心,文森特吃饭时开始谈夏天的度假计划,尽管离出发还有三个星期。他提议,与其像去年那样跟罗西塔的父母一起去马德普拉塔,不如去乌拉圭的皮里亚波利斯。那两个地方都很适合孩子度假,他们可以在沙滩上玩各种游戏,每天下午和晚上都有丰富有趣的活动。大家兴高采烈地接受了他的提议。

"糟糕!"

文森特奶油色的领带和白衬衫上溅到了番茄酱,罗西塔赶忙拿起餐巾替他擦拭。

"真是的!……出来吃个比萨饼也要穿得这么讲究。你怎么想的!"

女孩们笑了起来。文森特辩解道:

---

① 阿根廷风味比萨饼,主要配料为洋葱、奶酪和橄榄。

"只要出门就要讲究穿着。谁知道会碰到什么人……"

女孩们不解地看着他,文森特于是转身对她们解释说:

"这也是对遇到的陌生人表示尊重,让他们感到,我们努力打扮了,而这份努力是为了他们。同样的道理,吃饭时也要注意礼仪,这不单单是为了自己……"

文森特把领带拿在手上,为了逗大家笑,又说了一句:

"不单单是为了不把自己弄脏,更是为了餐桌上的其他人。"

文森特刚刚开讲的礼仪课被侍者的到来打断了,他上了两份"英国甜汤"①。这是店里的招牌甜点,与比萨饼一样让食客赞不绝口。文森特立刻忘了自己的说教,抢了一份甜点,兴高采烈地吞掉

---

① 一种有名的甜点,用蛋糕、甜酒和巧克力制成。

一半，边吃边发出猪一样的声音。接着，每个人都举着小勺子扑向甜食碟子，桌上一片欢声笑语。

吃完自己那份甜点，文森特告诉妻子，一旦家具店"运转"起来，他打算找个靠得住的"新时尚"供货商，而不再满足于只出售岳父出品的粗糙家具。

"那我就不懂了，你刚刚还说家具卖得越来越好……"

"对，我肯定会继续卖的，不过……不过家具店最好也能……怎么说呢？最好也能有点不一样的东西。商店的位置很好，人流很多，弗朗茨又是个好帮手。我觉得肯定能吸引更高端的顾客……"

罗西塔笑着把孩子们剩下的甜点吃掉。她父亲为了让他们的日子过得好点，给文森特开了这个家具店。对这份大礼，过于骄傲的文森特从来没有说过一个"谢"字。但她也欣赏文森特想要不一样的东西，他想要的总是比生活（或者她父亲）赠予的要多。文森特身上有种神圣的雄心和天然的野心，虽然他从不挂在嘴上，但就像吝啬鬼处处透着小气一样，他的野心随时随地表露无遗。这正是罗西塔如此欣赏他的原因。

"怎么回事？一定要去爱思黛儿子的成人礼①？"

"对，下周日。上周我已经提醒过你两次了。"

"是吗，你确定？真不明白干吗还要搞这些老套！"

一走出比萨饼店，朝着帕拉纳街走去，罗西塔就提醒丈夫，这是个家庭义务，尽管她知道他觉得这些事情荒唐。

"你为什么会觉得古怪呢？这不是很正常的一件事吗……没错，我们是阿根廷人，但多少也是犹太人啊，不是吗？"

"犹太人？可我们已经没有一点犹太人样子了……连你父母互相之间都宁肯讲西班牙语，而不是意第绪语，尽管他们的口音吓死人！连他们都

---

① 指犹太人的传统成人礼。

不戴小圆帽了！他们早就把古拉什、波尔契和葛菲特鱼①忘得一干二净，如今跟我们，跟阿根廷人一样，就知道吃肉、比萨饼和面条了！"

罗西塔迅速放弃了这场徒劳的争论。她常常觉得，自己嫁的这个男人，虽然生下来是犹太人，却很快把自己变成了波兰人，又很快变成了阿根廷人。这也是她爱他的原因之一。反正她知道自己肯定会带着孩子们去参加姐姐儿子的成人礼……而且，文森特最后十有八九会陪他们一起去。

胡安·何塞已经躺在父亲的臂弯里睡熟了；玛莎和厄休拉手挽手，高高兴兴、默不作声地走着。文森特和罗西塔继续聊着家长里短，互相打趣，像一对任何人、任何事都不能把他们分开的恩爱夫妻。

---

① 三道犹太传统菜肴。

假期非常愉快。文森特、罗西塔和孩子们从皮里亚波利斯回到布宜诺斯艾利斯，生活依旧。依旧……依旧，依旧如何呢？依旧平静，安稳，和美，还是亲切？不对，生活依旧**按部就班**。罗西塔按部就班地重新开始打扫卫生、做饭、熨衣服；女孩们按部就班地回学校上课；文森特按部就班地回家具店工作。生活依旧按部就班——1941年的这个3月，欧洲传来的消息越发令人悲伤，布宜诺斯艾利斯会发生什么呢？

1月和2月，在皮里亚波利斯的时候，文森特开始认真读报。那些关于波兰的消息终于把他往日对这个国家的爱变成了深深的、恶毒的、扎心的仇恨，让他五内俱焚。他虽然还没有对别人说起这种恨，但自己的内心已经承认了。出于无法解释的理由（波兰的天主教徒与犹太人一样在德国的占领下受难），他开始仇恨波兰和波兰人，这种恨也越来越多地指向了德国和德国人。在今天的我们看来，一个波兰犹太人有这种情感是很自然的。但对文森特来说，这一点都不自然。他在华沙上中学的最后几年，发现并爱上了德国诗歌。他不光热爱歌德、席勒、荷尔德林、诺瓦利斯和海涅，也喜欢莫里克、尼古拉斯·雷瑙这些小众的浪漫主义诗人。1924年他甚至有过去柏林求学的念头。二十二岁时，他平常讲的是纯正的波兰语，并且已经改掉了从海乌姆初到华沙时那种唱歌般的口音；另外，他的德语说得比真正的母语意第绪语更好。在大学一年级，同学们取笑他对德国文学和语言的狂热，他却早熟地表现出胸怀全欧洲的气度：除了对德国的热爱外，他对法国、意大利、西班牙和英国同样怀着善意的好奇。他能连续几个小时讨论每个国家的特点和每种文化的意义。在他内心深处，波兰是他的祖国，德国是天堂的一种模式。

从这个悲伤的1941年3月起，文森特开始对自己怀着双重的恨意：恨自己曾自认为是波兰人，更恨自己曾经想做个德国人。觉得自己是犹太人，这丝毫没有减轻这种双重的恨。"到今天为止，我曾经是个孩子、成年人、波兰人、士兵、军官、大学生、丈夫、父亲、阿根廷人、卖家具的，可我为什么从来没做过犹太人？为什么我以前从来没有像今天这样觉得自己是个犹太人——今天的我除了是个犹太人，什么也不是了。"像许多犹太人一样，文森特曾经以为自己有很多身份，然而纳粹最终让他们明白，他们的身份只有一个：犹太人。在华沙时，文森特属于有见识的中产阶级。对他们来说，如果犹太人意味着永远穿黑衣服，行为永远比邻居更保守，那他们宁肯不做犹太人。对他而言，是不是犹太人从来就不重要。可是，突然，做犹太人成了唯一重要的事。"我为什么是犹太人？为什么我今天除了是犹太人外什么都不是了？为什么我不能既是犹太人，又是我曾经是的那些人呢？"

反犹主义最可怕的后果之一,就是让一部分男人和女人一刻不停地意识到,自己是犹太人。不管他们意愿如何,他们被囚禁在这个身份中——这等于给他们下了一个永久的定义。文森特并没觉得自己得到了什么东西或精神上得到了什么启迪,让他忽然明白了自己是什么或者是谁。他并没对自己说:"啊,至少我现在知道了,我是个犹太人!"像许多犹太人一样,他只是开始意识到,没有犹太人,反犹主义就无法存在。假如一个反犹主义者把自己定义为反犹主义者,他就不能容忍一个犹太人不把自己定义为犹太人。

如何给"犹太人"做出明确的界定,这个问题之所以让纳粹当局苦恼了许多年,绝非偶然。这个问题从来没有真正解决过,这也不是偶然。一个不信教的犹太人,与一个信教的犹太人,两人是同等意义上的犹太人吗?一个父母或祖父母不全是犹太人的犹太人也算犹太人吗?是否该承认存在着"第三种族"?"部分的"犹太人、"四分之一"犹太人、"一半"或"四分之三"犹太人与"完全的"犹太人一样"有害"吗？一个看上去不像犹太人、样子不狡猾、头发不黑、没有鹰钩鼻的犹太人又算什么？那些改信基督教的犹太人、娶了或嫁给德国人的犹太人又怎么说呢？尽管永远不可能搞清楚犹太人的特质——或借用反犹主义者（或有幽默感的犹太人）的说法，犹太人的缺陷，纳粹当局照样绞尽脑汁，先是剥夺犹太人的财产，接着强制集中、流放他们，最后把他们灭绝。

为什么在这个特定的历史时刻，德国的反犹主义者需要确定犹太人的定义，剥夺他们的财产，把他们强制集中、流放并且最终摧毁呢？搞清楚这一点并非易事。但有一点不容置疑：纳粹屠杀犹太人，并不是因为他们是波兰人，不是因为他们太老、太无用、一头金发，也不是因为他们结了婚、单身、瘸腿或有口臭，而只因为他们是犹太人。1941年，托那些想灭绝犹太人的人的福，身为犹太人成了几百万人的基本特征，而这些人原本跟文森特一样，从来没把这个半是宗教、半是种族，然而其实说不清究竟是什么的属性当回事。1941年，身为犹太人成了一个本质的、排他的、唯一的属性：这个属性决定了几百万人的命运，也决定了他们的归宿。

文森特恢复了周五去托尔多尼咖啡馆的习惯，有时周六也去。家具店一打烊他就去那里与朋友们会合。如今他跟萨米和阿里尔的话题总是围绕着夏天之前他千方百计回避的那件事：欧洲局势。1941年3月，阿里尔的一个法国朋友弗朗索瓦·马丁——原来在外交部供职，当勒布伦总统任命贝当元帅为政府首脑后，这位朋友就流亡到布宜诺斯艾利斯了——跟他谈到一个异想天开的计划（当时他不知道纳粹刚刚放弃了这个计划），即每年运一百万犹太人去马达加斯加。这个"**马达加斯加计划**"是德国人在1940年五六月间制订的，目的是从法国人手上弄到马达加斯加岛，把那里变成一个禁闭岛，一块犹太人保留地，由党卫军担任总督，岛上的居民还能起到人质的作用,以让他们在美洲的犹太亲友行为端正。但纳粹向法国人"兜售"这个想法的方式,让人误以为他们只是想在岛上建立一个犹太国家。弗朗索瓦·马丁也是这么给阿里尔讲述的。

"德国人想做的,其实跟你在巴勒斯坦的表兄阿莱约想做的没多大区别……"

"对,萨米,只不过我表兄和他那些复国主义者的主张是,所有犹太人都去巴勒斯坦,大家在那儿一起幸福生活。我可不确定纳粹也是这样想的……"

"好吧,也许吧,我可不懂……反正我不打算大老远跑到非洲去,周围还都是你们这种人!"

阿里尔用微笑回应了朋友的话,接着顺着自己的思路说道:

"我也是,我永远不会去一个只有犹太人的国家生活。但问题不在这里,我的意思是,这种设想太可笑了。用这种方式定义我们真是荒唐。理论上,我们是犹太人。但实际上,我们又不是。对有些人来说,母亲是犹太人,自己就是犹太人;但对另一些人来说,这完全说明不了什么。想想这事有多可笑:如果我跟异教姑娘结婚,我的孩子就不是犹太人;但如果他们娶了犹太姑娘,我的孙子孙女就是犹太人,这不匪夷所思吗?"

阿里尔的观点永远那么清晰。

萨米问:"那又怎么样?"

"不怎么样。这事太可怕了,完全让人毛骨悚然。"

"我没觉得……感到毛骨悚然的将是那个要嫁你的可怜姑娘!"

"太可笑了……之所以毛骨悚然,是因为如果你妈妈是法国人、意大利人或西班牙人,并不意味着你一定是法国人、意大利人或西班牙人,对吧?可如果你妈妈是犹太人,对某些人来说,你就永远是个犹太人,就算你自己不愿意。"

萨米对自己的身份问题向来不怎么在意。他只是接受了这个身份,并不太明白它是什么;阿里尔却一向受不了别人对他说三道四。可如今,却有人告诉他,他曾不可避免地是什么,他将永远是什么……三个人围着大厅里面的一张台球桌站着,阿里尔和萨米手上拿着球杆,文森特靠在墙上,小心翼翼又不厌其烦地摩挲着帽檐。

"你呢,文森提,对这些事你怎么想的?"

"不知道……奇怪的是,虽然我不知道犹太人是什么,可我这一阵子越来越觉得自己是犹太人了……"

萨米刚打了个红球,吃惊地转身看着他。阿里尔却眼神温和地注视着他,等着他的下文。而文森特又像他最近经常的那样,说完这几句谜一般的话就又沉默了。

"你越来越觉得自己是犹太人?你到底想说什么?"

"你记得帕维尔吗?部队里认识的那个。"

阿里尔点点头。文森特对萨米解释道:

"帕维尔的母亲是犹太人，父亲是基督徒。他老说这事很奇怪，因为如果别人问他是不是基督徒，他说不是，事情就点到即止；但如果有人问他是不是犹太人，他如果说不是，就会有负罪感。"

文森特停顿了一下，似乎在等朋友们帮他理清思路。可萨米只是笑了一下，围着桌子转了一圈，为下一杆调整自己的位置；阿里尔则点上一支烟，等着文森特继续往下说。文森特先是看着他的好友，然后突然兴奋起来，仿佛受到自己脑子里酝酿的话的刺激，开始用奇怪的语调阐述自己的理论：

"区别好像就在这里。如果是基督徒，似乎意味着属于一个群体，里面的人都在自嘲这个身份；而做个犹太人，意味着接受这个出身，然而不是为了跟大家在一起，而是为了独自忍受不幸。犹太人的出身好像是一只大行李箱，我们终生都得拖着它踉踉跄跄。这箱子里装满了古老的手稿，上面写的全是无法认清的字……而且都是一种我们根本不讲的语言！因为犹太不是一种国籍，我们没有国家，犹太人仿佛成了……成了一份沉重的、无边无际的遗产……似乎因为我们出生在别人的国家里，我们就得说服自己，国土不重要，我们的身份来自其他更强烈的东西——这种东西更强烈，也更艰难，更无法撼动。它让我们的身份不可抗拒，不可更改，然而也彻底无法与人分享。"

萨米再一次放下了球杆，跟阿里尔一起看着文森特，被他一下子说出这么多话吓住了。文森特越发激动和绝望，眼泪几乎要夺眶而出：

"而这种不可思议的、痛苦的、荒诞的却不容置疑的身份，也自有一种美妙的意味……一个没有国家的民族，像族群一样生存，但这个族群的凝聚力并非来自王侯将相，并非来自一种语言、一片国土或者曾经的战火洗礼……甚至不是来自上帝，因为几乎没人信他了……我们有的只是几本书和一点就快被遗忘的记忆……"

"还有这个愚蠢的念头，说我们是选民，不是吗？上帝出于某种目的选择了我们，虽然没人知道是什么目的。"

文森特眼神依然那么狂热，他双手拉住阿里尔的胳膊：

"对，对，就是这个！说得对！我们是不一样的，跟所有的事、所有的人都不一样，跟随便什么都不一样，这就是最要紧的事。我们是唯一没有军队、没有国家的民族，但我们是上帝的选民。可我们从来就没真弄明白我们为什么被选中。我们被选中只是为了问自己这个问题：我们为什么被选中！没错！我们是犹太人。我是犹太人。但我们不知道什么是犹太人，完全不知道。最美、最悲伤的是，我们永远都不会停止追问这个问题，也永远不会知道答案。"

文森特定定地注视着好友，眼神里的狂热把阿里尔吓住了。他不由得做了个手势，想让文森特平静下来。但萨米爆发出短促响亮的大笑，把文森特从这种狂乱的状态中拉了出来。文森特笑了，点上一支统帅牌香烟，换了副虚弱迟疑的腔调，接着说：

"而且……我不知道……我想……我现在想，虽然这又美又悲伤，但我们还是可以为之骄傲的。"

文森特松开了好友的手臂，阿里尔这会儿觉得文森特突然的爆发非常有趣，于是伸出巨大的手掌，搂住他的肩膀。萨米笑嘻嘻地看着他们，问道：

"不过，万一他们真能把犹太人都送到马加达斯加，我们又会变成什么人呢？我们跟别人有什么区别呢？那样我们就会跟别人一样有个国家了，不是吗？"

"是马达加斯加。"阿里尔纠正他。

"如果他们真能做到，我们就得改变。我们得学着用另一种方式做犹太人，就像做波兰人、俄国人或阿根廷人一样。我们有那么多身份，不会都毫无意义的，虽然那都不重要，就像四季轮回一样，总会消逝……"

说完了这几句较为平静的话，文森特像往常一样略微笑了笑，示意萨米继续说下去。

"我同意你的说法。我一直都觉得自己是俄国人，我曾经很确定……然后呢，我们到这儿才六个月，我就确定自己已经不是俄国人，而是阿根廷人了。这就跟足球一样：我们刚来时，因为父亲在努奈兹找的房子，我支持河床队①；可现在呢，为了捍卫博卡队的蓝黄球衣，我能跟随便什么人动拳头。"

文森特点点头，对他的话语表示感谢，然后转向阿里尔：

"你呢？"

"我也同意你说的。我也不知道……我是犹太人吗？不是犹太人吗？这得看我母亲是不是在旁边！……至于马达加斯加，我肯定是不去的。这跟聚会一个道理：不请自来更好玩。"

三个人又各自要了杯杜松子酒，萨米和阿里尔

---

① 阿根廷著名的足球俱乐部，主场在布宜诺斯艾利斯附近的努奈兹。

接着玩台球,文森特抽完了烟。阿里尔没打中,萨米凑成了一排三个红球,赢了这一局。阿里尔边说话,边掏给他三十比索,那是两人的赌注。

"从前希腊人相信,连罗马人也同样相信,如果输了,那是上帝的意愿。后来基督徒也说,输了是因为上帝抛弃了他们。我们犹太人呢,如果输了,那一定会怪别人,总是别人的错。无论什么事,永远都是这样,都是别人的错。不过,永远把过错推给别人,就是为了向自己证明,我们是唯一的,为了证明我们真是上帝的选民,因为只有我们永远那么痛苦。只有我们这么想!其实,别人都埋怨我们,因为他们羡慕我们,嫉妒我们的痛苦。他们想侮辱我们,因为我们是最不幸的,因为我们出乎寻常地绝望。"

文森特无比亲切地看着阿里尔,总结道:

"确实如此,我们的幸福是极端痛苦的结果。"

文森提，我的文森提，我的心肝，我的孩子：

我们这儿什么都很难了。最近这几个月，楼里的邻居死了很多。贝尔给人治病只能收到区区几个兹罗提①，而且大多数人一分钱都拿不出来。不知道将来会怎么样。施罗姆有时候能帮我们一点，可他自己的情况也很艰难。德国人已经不跟我们搭话了，他们现在把我们当牲畜一样。街上到处是饿死的人，但大家都视而不见。昨天，我看见窗外有个女人，在人行道上走来走去，怀里抱着死去的孩子，就这么溜达了好几个小时。她紧紧抱着孩子，一直在哭嚎，把孩子给来往的人看，给成百上千的路人看，但没人看她，一个人也没有。没有一个人看她死去的孩子，好像他压根就不存在。幸亏你离这儿很远，亲爱的文森提。幸亏你姐姐跑去了俄国。

挂念着你的母亲

---

① 波兰的货币单位。

这封信1941年9月6日从华沙的犹太隔离区寄出，10月13日早上到了文森特手上。他送女儿们去学校，回来的路上碰到了邮递员。他上楼回家读信。罗西塔在慢悠悠地熨衣服，胡安·何塞在他的小天地里玩耍。读完信后，他双眼怔怔地盯着前方，目光仿佛透过小小公寓的四壁，投向深不可测的虚空。罗西塔立刻觉察到他不对劲，一边熨着儿子的小睡衣，一边小心翼翼地问他，母亲在信里讲了什么：

"跟我说说，她信里讲了什么？"

"你问她讲了什么？"文森特呆呆地看着罗西塔，一言不发，然后不假思索地把信递给了她。罗西塔凄然一笑，语气婉转地小声责备他道：

"你明明知道我不懂波兰语啊……"

文森特注视着妻子，被她的善意或者说悲悯打动。他向她道了歉，接着转述了母亲信里的内容。他慢慢地说着，仿佛在谈明天的天气，或者不如说是在谈前一天的天气，因为他嘴里的事无关紧要，但又让人无可奈何。他轻描淡写地说,华沙的情况越发困难了;他轻描淡写地说,母亲很高兴他在布宜诺斯艾利斯,很高兴他姐姐去了俄国;他轻描淡写地说,母亲和哥哥还活着。他轻描淡写地说了这些。他费了很大的劲才做到轻描淡写:把一个个的词连起来,组成句子,说给妻子听,这让他付出了巨大的努力。

文森特始终艰难地、语气单调地讲着那个号叫的女人,讲着她怀里死去的孩子。罗西塔放下手上正在熨的衣服,走到丈夫身边。文森特依然坐在那里,任信封从手里滑落到地板上。罗西塔站在他旁边,揽住了他的头,让它紧紧贴着自己的肚子。

就是这一天,在离布宜诺斯艾利斯一万两千多公里的地方,距哥尼斯堡①不太远的小城拉斯腾堡②,党卫军领袖希姆莱在"狼穴",即希特勒指

---

① 原德国文化中心之一,二战后归属苏联,改名加里宁格勒。
② 现归属波兰,称肯琴。

挥部不远的某处，会见了波兰总督府党卫军和警察头目弗里德里希-威尔海姆·克鲁格以及卢布林省党卫军和警察头目奥迪罗·格鲁伯茨尼克。三人早就互相认识，曾在柏林以及希姆莱常去的卢布林见过面。他们之前就讨论过解决犹太人问题的"区域性方案"：把欧洲的所有犹太人都流放到东方，而不是发配到马达加斯加。克鲁格一直担心这个方案的技术细节及后果，格鲁伯茨尼克却热衷于尽早将它付诸行动。但直到1941年10月13日这一天，三个人经过两个小时的认真讨论，才制订出人类历史上第一个系统化的、工业化的大屠杀方案。

纳粹主义开始实行的时候，德国官僚有例可循，有基督教的现成方案可供参考。德国官员们在教会和国家机器提供的大量经验中找到了参照。那么，这些先例、现成方案或经验具体是什么呢？基督教成为罗马帝国国教一千五百年以来，渐渐推导出一种简直不能再严谨的论调——一开始，他们是这样对犹太人说的："如果你们坚持做犹太人，就没有权利跟我们一起生存。"这句话随后变成"你们没有权利跟我们一起生存",最后变成"你们没有权利生存"。

希特勒在1939年1月就"预言":欧洲犹太人将被彻底灭绝。但直到1941年北半球的夏天,柏林做出的一系列决定才勾画出那场即将持续四年的大屠杀的轮廓。7月初,希特勒信心满怀,正像他对宣传部部长约瑟夫·戈培尔所说的,他坚信"东线的战争已取得胜利,布尔什维克绝无恢复元气的可能",于是他宣布,把德国占领区的**全部**犹太人都关进波兰的劳动营,将来,一旦占领苏联,就把他们迁到苏联去。希特勒被最初的胜利冲昏了头脑,想把波兰总督府治下的地区变成雅利安人的天堂。"我们要把这片土地变成伊甸园。"

纳粹已经屠杀了成千上万的犹太人,杀戮还在继续。他们任隔离区里的犹太人死于饥馑和病痛,用苦工让有劳动能力的人慢慢消耗而死;至于其他那些无力劳动的人,运到集中营后就立刻射杀。

但到1941年9月，他们发现子弹无法胜任即将展开的屠杀——要杀掉的是数百万的犹太人。主要有两个原因：士兵长期冷酷屠杀犹太人，会产生心理问题；弹药的价格昂贵。整个7月，直到8月初，德国人对将屠杀的人数、实施的时间及地点还没有具体的计划。夏末，党卫军二级突击队①中队长阿道夫·艾希曼被上司、帝国中央保安总局局长莱因哈德·海德里希叫到办公室，后者对他说："元首刚刚下令，从肉体上消灭犹太人。"但把他们全部杀死的具体办法——就是说，不是任他们病死、饿死或劳动累死，也不是用子弹射杀，而是用工业手段让他们消失——到10月初才得以确定。戈培尔称，这个决定让希特勒精神焕发。10月4日，见完元首，戈培尔这样写道："他容光焕发，心情极佳：整个人都散发着乐观情绪。"

九天后的1941年10月13日，就是布宜诺斯艾

---

① 上级突击队是纳粹党中的准军事部队。

利斯的文森特收到母亲来信的那一天，拉斯腾堡秋色阴沉，预示着一个严酷的冬天。第一场雪落在屋顶和石板路上，到处都显得斑驳肮脏。希姆莱在条顿骑士团城堡的一间屋子里边喝着白兰地，又或许在市中心某家灯光昏暗、黏糊糊的木制家具散发着啤酒味的餐厅里边吃着午饭，边向克鲁格和格鲁伯茨尼克通报了希特勒的"历史性决定"。他告诉他们，从初夏开始就在元首脑袋里酝酿的计划——一劳永逸地解决犹太人——终于要付诸行动了。希姆莱知道，克鲁格，尤其是7月20日在卢布林与他会谈过的格鲁伯茨尼克，对这样的决定期待已久。格鲁伯茨尼克立刻提出了一些用他的话来说"意义重大"的计划，包括在贝乌热茨设立有毒气室的集中营。希姆莱听后不禁笑了，原则上同意这个提议，对选址也表示赞赏，因为附近有铁路，还有边境工事，阻挡坦克的现有壕沟可以用来掩埋尸体。十五天后，波兰工人开始建集中营，这将是二战期间第一个犹太人集中营，也是灭绝营。方案就这样确定了，即将付诸行动：用来解决犹太人问题的不再是"区域性"方案，而是"最终"方案。

文森特自然不知道这些。他不知道德国人已经开始修建犹太人灭绝营，尽管有母亲的来信，他还是不了解华沙犹太人隔离区里的真实生活。他不知道，纳粹任由伤寒、结核病等传染病流行，或让犹太人挨饿，靠这种"简单的"——如果能这么说的话——办法，就能杀死大批犹太人。他事后才知道。后来他了解到，1941年年底，隔离区的犹太人每天吃到的食物只有一百八十卡路里，即维持生命必需的最低水平的百分之十五；后来他了解到，几个月前，私自出隔离区会被处以一千兹罗提罚款，并入狱三月，而到了年底这种情况就直接被判死刑。

给罗西塔讲完了母亲信里的内容，文森特就沉默了。有那么短短的一瞬，他顺从地接受着她的温情安慰，然后站起身来，拿起自己的外套和帽子，向门口走去。罗西塔再次走到他身旁，双臂紧紧抱着他。文森特接受了这个新的温柔动作。接着，仍旧一言不发，他几乎觉察不到地对妻子笑了一下，又看了儿子一眼就出了家门。

"语言是什么？又有什么用呢？为什么要跟她说这些？为什么试图跟她说那些我对自己都没法说的事情？我应该把全部事情告诉她，从头开始说。从我离开华沙开始，或者从我十二岁那年全家离开海乌姆开始。可是怎么告诉她这一切呢？现在怎么跟她说呢？这么多年我对她只字未提，如今又怎么跟她讲呢？为什么我到现在都没想过给她讲讲我的过去呢？为什么我从没告诉过她，我曾经多么把自己当成波兰人，多么想做个德国人？为什么我从来没给她讲过我的大学经历，讲过华沙，讲过第一次被同学嘲笑是犹太人时我感到的耻辱？为什么我从来没告诉过她，那种耻辱比愤怒更强烈？我跟她说我想救救家人，想挣足够的钱让母亲、哥哥和姐姐逃离波兰来布宜诺斯艾利斯找我的时候，为什么即便在那个时刻，我都没告诉她，我想让他们逃离的是什么？为什么我没告诉她，远离母亲、哥哥和姐姐让我感到多轻松？为什么我没告诉过她，有时候我想救救我的母亲，有时候又不想这样做？而她呢，为什么她从来没想过给我讲讲她父亲和母亲又是如何逃脱屠杀的？为什么自从相识以来，我们从来没想过要互相讲讲彼此的过去呢？我们怎么会共同生活了这么多年，却假装没有过去，好像只有现在和未来才重要？

然而现在，现在我得告诉她一切，得让孩子们知道，得喊出自己的愤怒和恐惧。现在我知道了那里发生的事情，知道了我可能永远都没法让母亲和哥哥来布宜诺斯艾利斯，知道了我永远救不了任何人。现在一切都变得那么空虚而无意义，眼前除了无尽的空虚，再无其他，现在……我有权告诉他们这些吗？我有权要求他们分担我的痛苦吗？现在我知道我的痛苦是致命的毒药，但我有权要求他们替我喝一点，好让我能感到轻松吗？"

出了家门走在街上，文森特觉得自己的脑袋要炸裂了。他的脑海中不停地冒出一个个单词，它们互相推搡，偶尔组成一些他能领会的句子，他能抓得住的念头；但大多数都在互相撞击中掉落在人行道上，变成了一些阴沉的斑点，活像一只只蟑螂，混在白色或暗绿色的鸽子粪当中。文森特边走着，边注视着这些死去的词语，它们是那么可悲和不幸。他对自己说，必须停下来，必须停止一切，停止说话，缄口不言——必须停止思考。可他这样对自己说的时候，脑子里立刻又出现了别的句子，似乎有其他意味。他就这样走着，想着——语言又一次让他觉得难以忍受了。

"有人告诉我,'回旋'有百分之九十的可能性跑第三。切罗,就是在奥尼尔工作的弗拉格·戈麦斯的表兄,亲自和骑它的人聊过。"

文森特急需从阿里尔和萨米的友情中得到温暖,不光周五和周六,其他日子他也开始往托尔多尼跑。他几个小时几个小时地跟他们坐在一起,享受着他们的陪伴,但大多数时间都一言不发。

"要不咱们就押'阿科斯塔',它排名第九,赔率才三倍……再不然,还有排名第十二的'章鱼',可它显然……"

萨米跟往常一样急躁多话,眼睛紧紧盯着《评论报》的赛马版,口若悬河。萨米说话的时候,阿里尔观察着文森特,见他捏着小勺子,把杯子旁边的一块方糖推来推去。收到母亲上一封信后,文森特等了好几个星期,指望收到新的来信。他在极度狂热的状态中等着母亲的下一封信。他如此渴盼,同时又如此恐惧。他怀着刻骨的悔恨,责怪自己两年前、三年前、五年前给母亲写信的时候,为什么没有坚持让她来布宜诺斯艾利斯,没有告诉她要她劝说哥哥姐姐和他们的家人一起来投奔他。

来到阿根廷后,在整个三十年代,在法西斯主义和反犹主义一步步吞噬着欧洲的那些阴沉悲伤的岁月里,文森特尽管偶尔为自己逃离了母亲而感到庆幸,却总认为,一旦波兰出事,自己一定会救家人于水火之中。然而正在发生的事情超出了他的想象,他现在无能为力。

1941年的11月和12月,以及接下来的六个月,确切地说,直到1942年7月16日,文森特都在大量阅读报纸。他寻找蛛丝马迹,试图了解那个他曾视为祖国的地方正在发生着什么。报纸偶尔报道人口迁移,简短地提到犹太人隔离区、劳动营,但总是语焉不详。大多数报道都只有一鳞半爪,通篇充斥着"可能""据说""也许""部分人士声称",让人觉得事情也许没有那么可怕。最引起警觉的文章刊登在1941年2月18日的《民族报》上,文章引述了安东尼·伊登的发言,让人对德国及全部德占区内犹太人的命运不再有一丝怀疑。这位英国外交大臣谈到了犹太人隔离区、大规模流放及屠杀犹太人。但他的说法并没有得到其他政客及观察家的证实,很快就被淹没在各种五花八门、自相矛盾的时事报道中。

跟其他读者一样,读报让文森特了解到一些事情,但仍然无法知道另一些事情,比如灭绝犹太人的系列行动实际上已经开始了:德国人派出小股机动力量,跟随大部队出征,沿途消灭犹太人。他们也无法知道,这些"小股力量",即特别部队和介入部队①,在整个东线开展了"小规模屠杀"行动:这儿杀3145人,那儿杀8000人,更远点又杀了

---

① 特别部队和介入部队是二战期间德军中负责在后方消灭犹太人、打击游击队的部队。

33771人，累计有100万到150万犹太人被杀。他们常用的手法是集体枪杀，偶尔也采用效率更高的办法：把某个村子或某个小城里的全部犹太人集中到仓库里，然后用硝化甘油炸药把他们送上天。有时德军士兵杀完了犹太男子后，对妇孺迟疑不想下手，于是动用当地民兵、警察或"德意志族裔"（这些人的嗜血热情和冷血曾经吓坏了某个部队的党卫队队长）。

文森特·罗森博格在1941年年底、1942年年初本应知道，但最终一无所知的事情简述如上。**他本应知道，却最终一无所知**，因为报纸对惨案的报道模糊不清，因为成千上万的人对另外成千上万的人的暴行视而不见，对血淋淋的恐怖现实绝口不提。报纸缄口不言，民众也缄口不言。如出一辙的是，四十年后，还是在布宜诺斯艾利斯，大部分阿根廷人不相信军事独裁政府让数千人不知所踪，正如在德国、波兰、捷克斯洛伐克、匈牙利、罗马尼亚，在波罗的海沿岸国家，在克里米亚、乌克兰、俄国，在全世界，许多人对此选择不关心、不谈论。他们对恐怖缄口不言的原因，是深层次的、任何时代都适用的：**血淋淋的恐怖一开始总是能让人视而不见。**

母亲的信让文森特突然睁开了双眼。虽然没有完全、彻底地睁开，但足以让他看到某种远远超乎他想象的现实，某种比母亲信里的寥寥数行文字更加可怕的现实。读信的时候，文森特有一种模糊的感觉，他瞥见了一些很不清晰的符号，仿佛是些暗语，无法言语，就藏在信中那些简单的句子后面。他看见、听见了一些无法解释、无法转述的东西。但这些东西萦绕在他心里，挥之不去。文森特还没有完全了解到，母亲和哥哥的生活究竟有多么残酷，他们每天过着什么样的日子，但他知道的事情已经足以让他再也无法像以前那样生活了。这就是他选择沉默的原因，尽管他自己还没有意识到。

"我理解他不愿提他母亲，可为什么连别的事也不谈呢？为什么好像说句话都会刺激到他，嘴里吐出的每个字仿佛都像岩浆一样可怕呢?这样下去,我们都想不起他的嗓音了。罗西塔、孩子们,他都想不起来了。连我认识他这么久,也要被他忘了。"在托尔多尼咖啡馆里,阿里尔注视着在摆弄方糖的好友。阿里尔毫不掩饰地盯着他看,文森特同样毫不掩饰地对他的注视视而不见。"最奇怪的是,他的眼神好像都变了。好像他现在靠眼神就能表达一切,嘴唇都不用动一下。就算只表达不幸,他的眼神都那么确定无疑,还带着那么多五味杂陈的意味,好像一切尽在不言中。没错,他之前开口说话时,嘴巴都不如现在的眼睛会说话。好像要表达的东西太多、太确定,所以他找到了另一种让他更如鱼得水的语言,另一种表达方式。"

阿里尔盯着继续用小勺子玩着方糖的文森特,脑子里一刻不停地琢磨着他。他发现文森特先是直直地盯着糖块,然后眼神投向更远的地方,然后又回来看着那块方糖,最后终于抬起头来,眼神落在他和萨米身上。阿里尔看着他的眼神来来回回,从中看到了一种敏锐，这种全新的敏锐让文森特的眼神变得越发精确，也变得彻底不可捉摸了。彻底地不可捉摸，但带着无尽的痛苦。"我可不想处在他这种境地！上帝啊，我可不想在他这种处境！"

"实在不行咱们可以押第五位的'浪漫'啊，虽然赚不了大钱……不过，聊胜于无……"

"好，可以，既然你开口了。有什么不可以的呢……"

萨米埋头在报纸的赛马版里，继续喋喋不休，阿里尔时不时回他一两句，文森特继续玩着方糖，对萨米的话充耳不闻。他全身心沉浸在绝望的空虚里已经好一阵了，眼下正聚精会神地盯着放咖啡杯的小碟子，醉心于那光洁的白色。白色的糖块呈现出珍珠的色泽，大理石桌面也是白色的，带着花纹。他最近越发被白色的东西吸引，尽管不清楚吸引他的到底是什么。他的思绪仿佛飞向了这种颜色，迷失其中，似乎在那里找到了另一片无垠的沉默。

"要不圣伊西德罗①就算了，我们直接去塞缪尔说的那个小酒馆……"

文森特把那块方糖推来推去，终于把它搡到了地上，自己也不知道为什么。他觉得这很好笑，脸上浮现出了微笑，然后小心翼翼地把小勺放回小碟子的边上，没发出一点声响。他站起身来。

"我走了……"

文森特没说完，吐出这三个字已经费了他九牛二虎之力。阿里尔和萨米放心地目送他向门口走去。他们发现，这几个星期以来，文森特离开咖啡馆后几乎都没有直接回家。尽管他是三人中唯一拖家带口的，却每每奉陪到底，根据日子不同，要么去帕勒莫，要么去圣伊西德罗赌马，要么就去玩扑克。

可在1942年1月17日这天，文森特却快步走出咖啡馆，直接往帕拉纳街走去。月初，因为一桩生

---

① 布宜诺斯艾利斯的一个区，这里指那里的赛马场。

意没谈拢，他在最后一刻取消了原定的度假计划，罗西塔只得独自带孩子们去马德普拉塔过了十几天。文森特心有愧疚，决定回家用晚餐。

"要再来点吗？"

"可以吗？"

"可以。要吗？"

给孩子们添完吃的，罗西塔转向丈夫：

"亲爱的，你想不想再来点汤团？"

尽管从托尔多尼出来时文森特归心似箭，决定直接回家，好跟妻子和孩子们在一起，而且他已经很久没有与家人同桌吃饭了，可一坐到餐桌旁，还是像几个星期以来一样，一言不发。罗西塔每天都努力跟他说话。面对他的沉默，罗西塔装作什么事也没有发生，仿佛他们的日子一切照旧。

"你不要了？确定？"

文森特终于把眼睛从他盯着的虚空中抬起来，望着妻子那饱含温柔和忧虑的眼睛，可他在那里看见的还是虚空。他看着她,却不回答。有什么意义呢?多吃点还是少吃点汤团,有什么区别吗?几个月来,他只是被动地吃饭、呼吸;这么多天以来,他只是被动地活着,苟延残喘。这难道还不够吗?难道还不过分吗?过了片刻,文森特把目光转向孩子们。儿子刚满四岁,正在白色的瓷盘里捞着最后几只白色的小汤团。文森特注视了他一会儿,感到虚空又渐渐淹没了自己。他凝视着儿子的脸、眼睛、小手、他手上的叉子以及汤团和他的餐盘。突然,他脑子里电光石火一般跳出一串画面,骤然明白了这白色到底让他想到了什么。儿子的餐盘、汤团、方糖、放咖啡杯的小碟、托尔多尼的大理石桌面,都让他想起了雪,波兰的雪,童年的雪——也许就在此刻,雪正覆盖着华沙周围的乡野,覆盖着犹太人隔离区的泥泞街道,他只希望,母亲和哥哥在那里还活着。

文森特转向女儿们。她们已经吃完,跟母亲一样,眼巴巴地指望着,父亲也许不知什么时候会开口说句话。文森特与她们对视了一眼,立刻又把目光挪开,投向了餐桌后面的一片虚空。他没有开口说一个字,也没有叹息,没有微笑。女儿们的眼神里也满是温柔和疑问,可文森特什么都看不到,眼里只有无意义的虚空——或者同样无意义的白雪。

"如果她被抓了,我只希望她能把披肩留下。没别的,我只想要这个:她的粉色羊毛披肩。上帝啊,我就这一个请求,就这个请求,上帝,尽管我从没信过你。万一妈妈被抓走,我只请求让她落到一个比较有人性、能明白这条粉色羊毛披肩不会妨碍任何人的德国兵手上。"

偶尔有几次,他允许自己设想母亲可能碰到的实际情况,脑子却执拗地琢磨一些琐碎、无意义、转瞬即逝的细节。"她吃饭前能洗手吗?"以前,文森特从没见过母亲不洗手就吃东西,哪怕是吃最简单的东西。突然,他想到母亲可能被关在人们开始议论的那些苦役营里,吃饭前没法洗手。这念头让他怒火中烧。"不,不不不不不!我不愿意,我不愿意这样想。我不愿意想她。我不愿去想她能做什么，不能做什么。我还是不要去想这个。别想这个，也别想其他的。不，不要，不要，不要，不要。我不要，我不要再想了，再也不要了。"

"我能把你的盘子收走吗，爸爸？"

"好……"

文森特回答了，看见大女儿对他露出了微笑。她的笑容里带着无尽的柔情和善意，可他心不在焉，给了她一个机械的回答，其实并没完全明白她在问什么。他的那个"好"字说得毫无意识，没有任何意义。

"好，对不起，亲爱的。拿走吧，当然可以。"

文森特被女儿的笑容拉回现实，总算吐出几个字，重新回答了她。厄休拉又一次笑了：

"谢谢上尉先生！"

她把父亲的脏盘子收走，文森特没让她马上去厨房，而是轻轻地拉住她的手腕，让她坐在自己的膝盖上。厄休拉把盘子放回桌上，脑袋靠着父亲的肩膀。父女俩紧紧靠在一起，静静地坐在空无一人的餐厅里。

三天后，1942年1月20日，柏林西南离市中心只有几公里的某高档社区里，在大园子里一座孤零零的别墅内，举行了著名的万湖会议。第三帝国的十五名高官齐聚一堂，从行政、技术和经济层面，讨论了希特勒要求的"犹太问题最终解决方案"的具体实施情况。为采取这一完全工业化的行动，帝国元帅①赫尔曼·戈林，以及希姆莱、海德里希和艾希曼需要调用帝国的部分物力人力，而这些资源那时已投入战争，按战事需求分配。为防止国家机器的某些部门（部委、法庭、军事参谋部）设置障碍或不合作，相关机构的负责人全部被邀请出席会议，旁听了计划及其实施办法的介绍。海德里希做开场发言，他回顾了纳粹党上台以来，希特勒推行

---

① 原文为德语，纳粹德国国防军最高军衔。

的反犹政策,欣慰地宣布,1933年到1941年间,五十三万犹太人已经离开德国和奥地利。根据他的统计,"不幸的是",尚有一千一百万犹太人生活在欧洲和法国的殖民地。海德里希的报告持续了约一个小时。他介绍了与这些犹太人的命运相关的运输和组织细节,根据会议的决议,这些人将被"疏散"到东方,以接受"恰当"的处理。行动的目标——二十年后,艾希曼被审判时说,散会后,宾客们喝着白兰地,公开讨论此事,以便每个人都充分理解计划的意义——是一劳永逸地解决犹太问题:一小部分犹太人被留下来,从事与战争相关的工作,其余的大多数将在灭绝营里被杀害。

一千一百万人。一千一百万人要被杀掉。怎么想象这没法想象的事,理解无法理解的事?怎么去想象任何人都没见过、任何人都无法相信人类能做出的事情?但时不时总会发生一些事情,突破我们想象力的上限,把可能的领域扩展到从前无人认为我们能达到的极限。

然而1942年夏天之前，万湖会议的决议并未能执行。一方面，灭绝营尚未投入使用，犹太人只能继续被圈在隔离区里；另一方面，继1941年10月纳粹军队势如破竹带来的狂喜之后，当年12月，德军攻打莫斯科失败，导致战略重点转移：粮食储备难以养活德国和德占区的全部人口，迅速决胜的希望被持久战的心理预期所取代。纳粹决定把欧洲的犹太人全部流放到东欧的集中营，但没有像原先计划的那样杀掉那么多人。从1941年秋到1942年春，数百万犹太人的生死，实际上取决于德国人如何根据每天局势的变化来维持微妙的平衡：既不能让犹太人过多，吃掉他们需要的粮食，又要保证有足够的犹太人劳动，以生产他们打仗需要的武器。然而这种处理方式的摇摆不定——是把他们立刻杀掉，还是先让他们干活——并没有妨碍死难者的数量以成百万计。仅在奥迪罗·格鲁伯茨尼克治下的卢布林省，几乎有一百万犹太人一到集中营就被判无劳动能力，立即杀害。

文森特意识到欧洲正发生的灾难是什么级别的了吗？他意识到在隔离区的残酷生死之外，真正威胁着母亲和哥哥的是什么了吗？没有。尽管有母亲的来信，他跟世界上的大部分犹太人一样，没能想象出后来发生的那些事情。他没能想到。每天都有成千上万的人被杀，每天有成千上万的人被子弹打得脑袋开花，或被拉到毒气室里；每天有数千具尸体在焚尸炉里焚烧，黑烟滚滚直冲天空。

自从对欧洲发生的事有所觉察，文森特越发觉得自己是犹太人，但这还是不能让他安心。1939年之前，他常常扪心自问，自己是什么、不是什么，是阿根廷人还是波兰人，是犹太教徒还是无神论者。他常常想，完全不知道自己与自己有什么共同之处，当下的自己与昨天的自己、与第二天将会成为的自己有什么共同之处？狂喜的自己与狂怒的自己，孩提的自己和未来变成祖父的自己有什么相同点？他对此完全一无所知。那么自己跟一个完全不认识的阿根廷人,或犹太人之间的共同点,他又怎么能知道呢?一想到这些,他就觉得释然,或者更困惑了。"人如草芥,不知自己如何生,更不知何日死。人们称为身份的那个东西,是如此神秘、变化莫测,那何以要求他对身份这个问题给出简单明了的答案呢?"文森特从前一直是这么想的。如今,他的头脑里不会再有这种复杂的念头了,他只是越发觉得自己是犹太人——然而这个想法丝毫没有让他觉得轻松。

文森特在1940年12月初雇佣的那个德国销售员弗朗茨,对店里的事情越来越上心,做得也越来越好了。他跟文森特学会了如何招揽顾客、做账和管理仓库。在他们共事的那漫长的几个月里,文森特也渐渐了解了他。文森特收到母亲来信几个星期前的一天晚上,打烊的时候,弗朗茨告诉他,那天是他的生日,于是文森特请他去喝杯啤酒。他们向河边走去,来到佛罗里达街,进了一家酒吧。两人先要了一杯奇麦斯啤酒,默默地喝着,看着路上的行人。文森特心平气和,喜欢与弗朗茨分享这份沉默。他喜欢看弗朗茨,看他那灿烂的笑容,这笑容常常能安抚他内心的焦躁。弗朗茨一如既往,仿佛满心欢喜地观察着整个世界。

"找个咖啡馆坐着,看看路上的人,这是我在布宜诺斯艾利斯最爱做的事之一了。"

文森特心有戚戚地转身看着他:

"看路上的人?"

弗朗茨的笑容从嘴边溢出来,满脸满眼的笑意。

"对,看姑娘啊!特别是姑娘。"

弗朗茨对侍者做了个手势,让他再来一瓶奇麦斯。

"这次我来……"

"行了,你老板掏得起这点钱。"

"您不光是我老板,"弗朗茨说着,微微地红了脸,"您就像我父亲一样。"

"父亲?"

"对,也是导师……我不知道怎么说……精神上的父亲吧！"

两人交换了一个眼神，彼此心照不宣，又有些不知所云，仿佛无声的询问得到了空洞的回答。接着两人重新转过身去，面向着街道，不约而同地举起酒杯，各自抿了一口酒。

"当年我初来乍到，您对我一无所知，可您立刻就跟我讲德语。我一句西班牙语都不会说，您还是雇用了我，好像在对我说，在这个几乎完全陌生的国家，我能找到一席之地。我一直没搞明白，您为什么第一天就那么不假思索、直截了当地跟我讲德语……"

"我只是看出来你不是本地人……所以我想……我也不知道……"

"您本应该跟我讲波兰语，或者意第绪语啊……"

"没错，这倒是……不过……"

文森特心里忽然涌起一阵愤怒和羞愧，不由得低下头说完了后半句话：

"我一直喜欢德语。"

弗朗茨体会到了他的痛苦,沉默了一会儿,灿烂的笑容从脸上消失了。

"很久以前有一天,您问我是不是犹太人。可您从来没问过,我和父母为什么离开德国。"

文森特再次转身对着他,等着下文。

"我们逃离德国,是因为我父母都是共产党员。我也是。"

文森特不由得吃了一惊,同时有些失望。

"当然了,我那时太年轻,搞不了政治。但我一直赞同列宁的观点,尤其是托洛茨基的观点。"

新话题开始让文森特心烦,他又转身看着大街。弗朗茨问:

"怎么,布尔什维克有什么问题吗?"

"没问题。"

文森特不想告诉他,二十年前,他惧怕过布尔什维克,厌恶过他们,跟他们打过仗。为了避免说话,他一口喝干了杯中的酒。弗朗茨还在等着他细说自己的想法，但文森特只是又给自己倒了一杯酒，静静地端详着他。何必跟他讲这些事呢？如今他早就不怕布尔什维克了，也根本不会厌恶这个年轻的雇员。幸亏弗朗茨的几个朋友，与他年纪相仿的一个男孩和两个女孩，这时候恰好路过，过来跟他们打招呼，两人的谈话便戛然而止了。

其实这几个月来，文森特对这个颇有文化的年轻人越来越有好感了，两人常常谈论诗歌。他对小弗朗茨的喜爱与日俱增，直到收到母亲来信几个星期后的某天，他再也无法忍受弗朗茨的存在，于是找了个无关紧要的借口，把他解雇了。弗朗茨没有抱怨。尽管对老板满怀好感，但文森特的沉默，和令人无法忍受的愁苦，早就让弗朗茨失去了工作和学习的愿望。弗朗茨走了，文森特又成了一个人，形单影只地待在狭长、阴暗的商店里。

秋凉赶走炎夏，时光流转，又是一年冬季。文森特还是每天来店里工作，下班后去咖啡馆，有时回家照顾一下孩子，只不过越来越沉默寡言。偶尔也与妻子温存,只是越发悄无声息。与此同时,在欧洲,英国皇家空军开始轰炸巴黎,德意志国防军攻占了塞瓦斯托波尔①,莱因哈德·海德里希将一命呜呼——终于!——八天前,他遭到了暗杀,虽未当场毙命,但伤势严重,引发了败血症。

1942年7月16日星期四,法国警察和宪兵在巴黎抓捕了一万三千名犹太人(其中有四千多名儿童),准备流放到奥斯威辛。那一天,在阿根廷,阿里尔拖着他大熊般魁梧的身体,冒着大雨,来到文森特的家具店。他带来一份英文报纸,是三个星期前出版的,但刚运到布宜诺斯艾利斯。德军的进攻开始出现颓势,战局开始变得不明朗。就在这种局势下,伦敦的这份保守派报纸《每日电讯报》,刊登了堪称人类历史上最轰动的独家报道。文章的题目是"德国人在波兰杀了七十万犹太人",副标题是"移动的毒气室"。

---

① 克里米亚半岛港口城市,面对黑海。

"七十万波兰犹太人死于人类历史上最大规模的屠杀。不仅如此,德国人自己也承认,他们还通过有系统地制造饥饿,杀死了几乎相同数目的犹太人。呈送给伦敦的波兰全国委员会犹太代表塞缪尔·齐杰博伊姆的一份秘密报告披露了这场大规模屠杀的可怖细节,包括毒气的使用。"

报纸一共有六个版,这篇令人难以置信的报道却只在第五版占了区区两栏。文章在当时并没有引起多大反响,既没被其他媒体转载引用,也没有引起公众和政界的任何反应。人们甚至指责塞缪尔·齐杰博伊姆,说文中的事情都是他编造的。

"孤儿院的孩子、疗养院的老人、住院的病人被大批枪杀。""十四岁到八十岁的男子被大批运到某个广场或墓地,先让他们给自己挖好墓穴,然后用刀、枪或炸弹把他们统统处死。"

情节触目惊心。文森特开始还带着他读报时惯有的半信半疑,等他读完报道,心不由得揪了起来,五内俱焚。看完文章,他就把报纸还给了好友。阿里尔等着他的反应，可他一句话也没说。阿里尔试着跟他说话，讨论这桩恐怖的事，说自己明白他的痛苦、愤怒和无能为力，还试图劝他说，只要没有母亲和哥哥的确切消息，希望就还在。他甚至还说了些愚蠢至极的话，说什么七十万受害者虽然令人难以置信，可这也才相当于全波兰犹太人的三分之一啊！

文森特冷冷地听着，一言不发，对他的话没有做任何回应。阿里尔立刻意识到自己的拙劣和失误，但仍然接着往下说。他不死心地继续说着，把先前的蠢话又重复了一遍，还说了些别的蠢话；他又愤怒又痛心，千方百计地想分担文森特的痛苦。最后，他感到无计可施，又难过又恼火。文森特冷冰冰、一言不发的态度深深地刺痛了他，他只好紧紧地拥抱了一下文森特，离开了家具店，走的时候紧握双拳，眼含热泪。

文森特独自留在店里，许久之后才站起来走向大门，慢条斯理地把门口的指示牌翻过来，表示停止营业,然后慢慢地走到几天前刚开始售卖的一台电唱机样品旁,放上一张唱片,在沙发上坐下来。

当莫扎特的《第二十四号钢琴协奏曲》响起时,他闭上了眼睛。

1942年7月,欧洲正发生着比《每日电讯报》的文章讲述的还要糟糕的事。流动的毒气室(第一代是伪装成凯瑟尔斯咖啡公司的货车;第二代有载重二点五吨到三吨、能容纳三十人到五十人的卡车,还有载重五吨的大车,如果让里面的人**站着、挨得足够近**,最多能塞下七十个受害者。这种大车配备特制的密封罐子,直接向车内排放毒气)已经被固定的毒气室取代,自三四月起,开始在贝乌热茨、海乌姆诺和奥斯威辛的灭绝营投入使用。1942年7月19日,文森特的大女儿八岁生日的那天,希姆莱签署命令,启动莱因哈德计划,目标是在那年的12月31日之前,消灭波兰领土上所有的犹太后裔。

在华沙,德国人先是向隔离区的犹太人许诺,只要肯去劳动营劳动,就有面包和果酱吃。应征者成千上万。随后,1942年的整个夏天,德国人开始实施所谓的"东迁移民"计划——把隔离区的所有犹太人都流放到特雷布林卡灭绝营。另一项计划被称为"大行动",于7月22日开始实施。在长达八个星期的时间里,每天有七千人被流放。德国人在隔离区里不分昼夜地抓人,无论是在大街上还是在住宅里。犹太人先被运到华沙火车站进行分类集中,然后被塞上火车,送到八十公里外的特雷布林卡,德国人谎称那里是转运站。犹太人被清洁消毒后,将继续东行,去往更远的劳动营。1942年夏天,来自华沙隔离区的三十多万犹太人将走上那条通往"浴室"的小路。随后的数月间,又有来自拉多姆、卢布林和别理斯托克的四十多万犹太人将走上同一条路。纳粹把它叫作"天路"。

1942年7月来了,接着又是8月。在布宜诺斯艾利斯,南半球的冬天乏善可陈。几个星期以来,母亲杳无音讯。他天天通宵玩牌,第二天睡到下午两三点钟。醒来后,他就去卫生间洗把脸,草草喝杯咖啡，敷衍地吻过放学回家的孩子们后，就去家具店，看看他新雇佣的希腊人，五十出头的约尔戈有没有卖出去什么。为了不让自己再去想母亲，文森特努力不去想罗西塔、孩子们以及自己。对任何人动任何念头，在他看来都是侮辱……然而侮辱什么呢？他母亲的境遇吗？她的苦难吗？也许是侮辱他对母亲的记忆？

"不要说话。对，别说话。再也不要知道什么叫说话，什么叫知道。再也不要知道一个词的含义，一个名字的意思。忘了词语有的会组成句子。"他希望沉默能像赌博一样，减轻他的痛苦。他追求一种强烈、持续、执着、绝对的沉默，周围的一切都变得那么遥远，他什么都看不见，什么都听不见了。他那么固执地沉默着，像皑皑白雪覆盖了一切。文森特想让别人、周围所有人和他自己都不再说话，或者说，他想让自己的声音也消失：偶尔让他说出几个别人能听到的词的那个声音，以及另一个声音，那个无言的、内心的声音，那声音越来越经常跟他说一些事,像一个亲密的朋友,又像陌生的神明——那声音来自他的内心。他想让所有声音都消失,希望一切都像大雪覆盖的原野一般永远沉默。由于执拗地努力保持沉默,他常常能达到自己想要的状态。他长达几小时一言不发,结果外界所有的声音都消失了,他脑子里再也意识不到自己的任何念头。

音乐对他很有帮助:巴赫的《马太受难曲》,莫扎特的钢琴协奏曲,尤其是贝多芬一些轻快的作品,如《致爱丽丝》《月光奏鸣曲》以及其他小品和变奏曲。"他们都是德国人。三个德国人。连莫扎特……连他,据说都自认为是德国人。"在家具店里,文森特一遍遍听着某些曲子,想压制住脑海中的所有记忆,抹去跳出来的所有画面。几个星期后,他连音乐都不需要了,靠自己强大的沉默就够了。晚上约尔戈下班后,他孤独地坐在沙发里好几个小时,看着橱窗外的人来来往往,什么都不去想,脑子里只剩些没意义的琐碎念头。有时他连续几个小时坐在牌桌旁,直到输光口袋里仅剩的一点钱,仍然什么都不想。

"没有词语。没有语言。德语、波兰语、意第绪语都没有了。也没有西班牙语、阿根廷语。没有词语了,没有名称了。什么东西都没有名称了。没有音乐、钢琴、椅子、桌子,也没有橱窗、商店、街道、马、城市、国家、海洋。没有屠杀,没有痛苦。没,有,词,语。"

罗西塔努力适应这种新的生活方式。她发觉日子变得越发漫长了,但她照旧操持着家务,做饭、照料孩子、像从前一样认真地熨丈夫的衬衫。常常,他在家里走来走去,她静静地看着他,很自觉地保持沉默。就像8月中旬这个周日的下午,她看着眼前的他,什么也不做,什么也不说,只能默默地问自己,为什么丈夫不再像她当初嫁的那个人了。她不知道丈夫究竟中了什么邪,只好检讨自己是不是做了什么事,犯了什么错。

"我爱他。我爱他爱他爱他爱他,我不爱他,我爱他。我不爱他,我爱他,我不爱他。我爱他。可是为了什么呢?为什么他不像以前那样天天刮胡子了呢?为什么他衣服穿得乱七八糟呢?为什么他不讲究体面了呢?为什么他不再照顾孩子了呢?就算不说话也没关系啊,像他以前那样,送孩子们上学,隔三岔五去接他们放学,也不是难事啊……为什么呀?为什么为什么为什么啊?为什么他跟刚认识时的文森特不是同一个人了?为什么不像娶我时的那个人了?为什么跟他爱上我、我爱上他时不是同一个人了呢?我已经不知道他到底是谁了。没错,或多或少就是这个感觉。我不知道。我已经不知道了。他有时看我一眼,有时给我个微笑。可是我不知道。我爱他。我爱他,我爱他,我爱他。可我又不爱他。难道我还能知道,还能说得出来,我究竟爱这个男人的什么吗?虽然我曾经那么爱他,虽然他曾经是我的真命天子,而且我也许要跟他白头到老。"

罗西塔心里涌出千万个问题,但她找不到一个答案。她想着自己的丈夫,也想着自己的父母,想着他们的苦难。"他们跟库斯达娃一样,也经历过可怕的事,也曾被残忍对待。那他们是怎么应付的呢?怎么把这些都忘掉的呢?他们怎么能做到,一到阿根廷就把以前受到的迫害忘记呢?他们是怎么把过去抛到脑后,投入新生活的呢?他们抛弃了什么?抹掉了什么?否认了什么?他们做了什么样的妥协,才让我和哥哥、姐姐们都能正常生活呢?"罗西塔选择了嫁给文森特,选择放弃药物学,成为他的妻子。那么,她如今比姐姐们更幸福吗?比她那听凭双方父母之命嫁到邻村的妈妈更幸福吗?"我没法爱他。怎么爱一个再也不在的男人呢?即使他人在,心也不在。我不知道他在想什么,有什么感觉,想要什么。上一次抚摸他的手时,那只手像死人的手一样冰凉。"

这个星期天的下午,像往常一样,罗西塔看着丈夫在公寓里踱来踱去,一言不发,不看她,也不看在厨房餐桌上写作业的女儿们。后来他坐到长沙发上,盯着窗外的天空。在文森特的世界里,她和女儿们根本不存在。有一阵子,胡安·何塞午觉醒来后,在房间里哭了起来。罗西塔在厨房,刚开始洗碗,她故意等了好几分钟,想知道丈夫听到儿子的哭声会不会站起身来去看看。可她等啊等啊——他无动于衷。最后她只好放下手上的碗盘,去把儿子抱在怀里。

文森特几乎每天都感到筋疲力尽。他这样已经很久了。今天是周日,他起得比往常早一些。他出了家门,在外面走了大半天时间。漫无目的,像个孤魂野鬼,在布宜诺斯艾利斯的大街小巷游荡。城里到处都是汽车、售货亭、商铺、书店,还有越来越漂亮的女人,更确切地说是越来越迷人、优雅的女人们。世界其他地方的战争,给这个偏安南美一隅的国家带来了繁荣富足,布宜诺斯艾利斯的某些街区变成了花团锦簇的时装秀场。文森特爱过这个城市。他曾经那么喜欢在这里的街巷漫步,他走遍了每个角落。他一度喜欢离开市中心,溜达到那些鱼龙混杂的危险街区，比如博爱多、帕拉卡斯和彭沛亚，还有城北河边那几个越来越高级的区域，拉雷哥莱塔、帕莱莫和贝尔格拉诺区。

他于1928年4月来到布宜诺斯艾利斯，从那时起直到1942年的冬天，眼看着城市越来越热闹，越来越生机勃勃。阿根廷重现了二十世纪二十年代的繁荣。1930年的经济危机后，阿根廷一度是一个被边缘化的穷国，如今它今非昔比。由于欧洲的战事，移民数量骤增，除了从十九世纪末就开始一直颠沛流离的穷意大利人和西班牙人，来阿根廷的还有著名的艺术家和文人墨客，以及比前代移民要富裕得多的欧洲人。阿根廷人的日子好过了起来，商店永远顾客盈门，随便做点小生意都能赚钱。在这座喜气洋洋的大城市里，只有文森特一个人觉得自己越来越穷困，越来越无助。

战前那些年，文森特兴致勃勃，想变成比阿根廷本地人还要地道的"港城人"①，特别喜欢在这

---

① 南美流行的说法，指居住在港口城市的欧洲移民后裔。

些街区漫步。他喜欢七拐八拐，走遍每一条小巷，一走就是好几个小时，浏览店铺，观察路上的行人。如今正相反，他常常沿着一条笔直的大道走下去，能一直走到查卡里塔或博卡区，似乎身不由己，由着双脚把他带到随便什么地方，反正哪儿都无所谓。他无休无止地走着，眼睛盯着双脚。然后，他开始往回走——沿着同一条路。自从收到母亲那封信，文森特走路时就再也体会不到什么乐趣了。然而他不走路时也一样没什么乐趣，所以他还是走着，徒劳无益，却无可选择。

一个人走路，原本是静默沉思的好机会。文森特却只是让寂静陪伴着自己的脚步。就像他听音乐、坐在家里的长沙发上凝视天空，只是为了赶走脑海中所有的语言，让思想彻底消失。然而很不幸，如果说静止是行动的反面，沉默是语言的反面，思想却没有反面，什么也抵制不了意识的这个活动：不思想也是一种思想。"贝尔怎么样了呢？他还工作吗？还在抗争吗？他会不会也听天由命了？我哥哥，我的兄长，那么高大，那么坚强、自信，难道他也会沦落成报上说的那种可怜人吗？德国人也能侮辱他、压迫他，把他变成可怜虫吗？他们也能把他变成驯服的牲畜吗？"文森特一路走着，一路拼命地让自己不去思考任何事，但他最后总是回到这些念头，回到这些日子折磨着他的魔鬼般的思想。

尽管看了母亲的来信以及《每日电讯报》上的报道，文森特对欧洲真正的局势还是只有模糊的了解。全世界的报纸都说纳粹杀了数百万犹太人，但所有报道都含含糊糊，而且大多数人想象不出怎么能杀掉数百万人，所以他们宁肯不信这些报道。《每日电讯报》7月份的报道刊发后，有两份阿根廷报纸，即《新闻报》和《评论报》，揭露流放犹太人的目的是实施灭绝。随后，1942年11月25日，《纽约时报》报道了贝乌热茨、索比堡和特雷布林卡灭绝营以及奥斯威辛的毒气室和焚尸炉。文章还说，波兰犹太人当中的老人、孩子、婴儿和残疾人全部被杀。但文章登在第十版，因而又一次反响寥寥。

与其他人一样，文森特对此既可以了解，又无法了解。**在自己悲情感伤的时候，**他无法在脑海中勾勒出画面，无法想象一万两千公里之外的地方发生着什么。他无法想象那是一幅什么样的画面，也不知道该冠之以什么名称。奇怪的是，不仅文森特，所有人都找不到合适的字眼来称呼这件事。一开始，那不叫"灭绝"或"屠杀"①，法语和英语都不用这两个词，大小写都不用。一开始，没有专门的名称。人们用"事件""灾难""毁灭""苦难"来指代它，后来又用"大祭""末日"。但最开始，它确实没有名字，除了在纳粹那儿。他们起初把它叫作"区域性方案"，后来叫"最终方案"，并且造出一些其他名称，好把整个事情伪装成另外的样子，比如毒气室被称为"特殊装置"，

---

① 原文为shoah和holocaust，来自希伯来语，本义分别是"灭绝、灾难"和"燔祭"，现均指纳粹对犹太人的大屠杀。

用毒气杀人叫"特别处理"。除了刽子手的这些说法外,许多年间,整个欧洲对这件事都没有固定的称呼。像丘吉尔说的,这是一桩"无名的罪行"。然后,战争结束了,人们开始讨论该用什么名词称呼这件事。因为命名是一种表达方式,能说出从未被言说以及一直在被言说的事情——或者是一直被压制不说的事情,说到底这两者是同一回事。

纳粹在万湖会议之前,已经开始讨论"最终方案"。奇怪的是,这个隐晦的说法被所有人一致接受,并使用了数十年,好像西方人当时已经意识到他们现在否认的事实:他们都是纳粹的帮凶。"最终方案",这说法难道不怪诞吗?众所周知,一种解决方案总会导致新的问题,新的麻烦。然而这个方案却不是。这个方案是**最终**的,康德、黑格尔、叔本华、尼采的同胞们相信,这个方案能解决一切问题。

后来人们又用了"种族灭绝"这个说法。这个词由两部分组成:前缀来自希腊文的génos,指一个同源的族群；后缀cide是拉丁文，来自动词caedere，意为"倒下""杀死"。这个词1944年由一个波兰犹太人发明，因为二战，被联合国采用。但这个词从来没有被用来特指针对犹太人的灭绝行动，所以，认为犹太人大屠杀是人类历史上独一无二的事件的那些人，拒绝使用这个说法。

不久后，英语国家开始使用"燔祭"①这个词。然而这个词是指牺牲，向上帝献祭，在它所指代的行为中，焚烧是为了上帝。千百年以来，人类焚烧牲畜，把最好的部分——烟、味道——敬献给天神上帝，以换取某些东西。选择用"燔祭"来指代犹太人被屠杀的人意识到这一层意思了吗？我们也许永远不会知道答案。然而，一个词，一旦被说出口，就不再受说话人的主观意愿支配：它表达的是实际获得的含义，并且总是讲述着一个故事，或许多个故事。第一个选择用"燔祭"这个字眼的

---

① 犹太教风俗，指把祭品全部烧掉。二战后被普遍用来指纳粹对犹太人的灭绝屠杀。

人,无论是有意还是无意,实际表述的意思是,杀掉数百万犹太人是为了向某位上帝献祭,以换取某些东西。但愿这位先生至少想着他自己的上帝。或者不如希望这位我们想象中的某先生之所以选择这个词,是因为他明白上帝已死,是因为他看见,上帝已经永远消失在这场人祭的滚滚浓烟中。而这牺牲,是为了献给那个叫作"人种"①、古往今来最贪婪的神。

"燔祭"之后,或者说远在那之前,又出现了"毁灭"②(从《塔木德》③时代,这个词就用来指代耶路撒冷及其两座神庙的被毁)的说法。选择这个词的原因是,把纳粹大屠杀看作古往今来犹太人所经受的灾难和损毁的一部分。

最后,从二十世纪六十年代开始,尤其在法国,另外一个说法渐渐占了上风:来自《圣经》

---

① 指二十世纪流行过的"人种论",为纳粹屠杀及种族隔离背书的一种理论。
② 原文是Hourbane。
③ 在公元前二世纪到公元五世纪之间流行的犹太教古典宗教文献。

的Shoah①。这个字眼从1933年开始见诸报端,意思是"损毁",不附带任何诉求和祈祷的损毁,一种自然的、注定会发生的、跟任何上帝都不相干的损毁。

简而言之,不同的阵营会选择不同的用语,并相互对立,如纳粹分子与同盟国,英语国家与法语国家,犹太教徒与异教者。最后,犹太人内部就选择Shoah还是Hourbane发生了分歧:一方认为纳粹对犹太人的屠杀是人类历史上独一无二的事件,另一方认为那不过是一场新的灾难而已。不过众所周知,把两个犹太人放到同一个房间里,就会产生三种看法。

1942年8月的这个星期天,文森特在外面游荡了大半天。天开始下雨时,他回了家。他只是"恰巧"回家而已,没什么原因,他现在做什么事都是这样,无可无不可。别人不知道他是不是打算在家

---

① 二战后特指纳粹对犹太人的大屠杀。

吃晚饭，是不是要在家过夜。最近一段时间都是这样。女儿们乖乖地在做作业，她们都是好学生。偶尔，文森特会把眼神投向女儿们。每次看到这眼神，罗西塔都禁不住回忆起，他从前是多么爱她们，把她们宠上天；她忍不住想，也许他还是爱她们的，只不过自从收到母亲那封信后，他就没法再向他们表达自己的任何爱意了。但对胡安·何塞就不一样了，尽管那孩子天天眼巴巴等着他，不停地转向他，期待着父亲跟他说话、照料他，文森特似乎完全意识不到他的存在，看不见他在长大，听不见他在叫爸爸，就算偶尔看他一眼，也带着恼火、不快的神情，似乎对他有特别的怨恨。文森特没法表达自己的感受，也没有意识到，他慢慢地把自己对母亲的负罪感归咎到儿子身上。从那一年开始，这负罪感将永远啃噬着他的五脏六腑。

"我们出去喝下午茶好不好？"

因为文森特再也不张罗任何活动，罗西塔只好采取主动。今天是星期天,孩子们不上学,又在家待了一整天了,况且家具店也没开门,文森特又正好在家,罗西塔建议一家五口去"理想"茶室,当年哥哥莱翁就是在那里给她介绍认识了未来的丈夫。她知道文森特一向爱去他们初次见面的这个地方,喜欢这个只用欧洲进口家具和陈设的茶室。文森特认识那里的老板唐·马努艾尔。很多年前——那时文森特和罗西塔已经结婚了,唐有一天告诉他们,大厅里的沙发都是布拉格的,大吊灯是法国的,装饰天花板的彩色玻璃是意大利设计的,家具都是斯洛文尼亚橡木做的,还有柱子和台阶用的大理石、橱窗周围的水晶、墙上用的铜饰,统统来自欧洲的繁华都市。文森特当时向罗西塔许下承诺,将来要带她去那些地方看一看。

跟丈夫和孩子们一起走进餐厅的时候,罗西塔想起这些,不禁把阴郁的现实抛在脑后,脸上露出了笑容。她想起了往日的誓言,还有文森特没完没了的东拉西扯。"他那时怎么那么健谈,那么爱唠叨，那么爱招蜂引蝶，如今却变成这样，对我视而不见？"

文森特跟家人一起走进大厅，找了张空桌子坐下，脑子里一片空白。刚才在家里，他同意了妻子的提议，然后牵着女儿们的手，走在大街上。在那么几十分钟的时间里，他的心思几乎跟家人在一起了。然而一走进餐厅，点上一支雪茄，空白就再次占据了他的大脑。他坐下来开始抽烟，对女儿们的聊天听而不闻，对儿子的孤单视而不见，对妻子回忆往昔的惆怅也毫无察觉。外面的世界再次不复存在。他的思绪再一次迷失在白雪皑皑的原野上，什么也感觉不到了。但有某种酸性的液体，仿佛有节奏地一滴滴流到他的胃里，在他身体里挖出一道道沟壑，令他刺痛，提醒着他的不幸。

文森特麻木不仁地坐着，脑子里什么也不想——只有那么一刻例外：他无意中与罗西塔眼神相交，罗西塔赶忙避开了，转眼打量着大厅。那一刻他突然情不自禁地想，妻子必定想起了他们的初次见面,想起了他们后来无数次在这里度过的时光,想起了他说过的话和他们曾经的幸福。于是他痛苦地意识到,罗西塔回忆中的一切,都曾经是真的:他真的相信自己会带她去欧洲观光,他真的喜欢过这家餐厅和这里的家具陈设。这个地方和这些家具装饰,让他想起过去,而如今他对它们只有厌恶。

用完下午茶,罗西塔、文森特和孩子们一起慢慢地走回家。父亲的沉默压在全家人身上,连孩子们,包括快满五岁的胡安·何塞都受了影响。也许是模仿,也许是出于尊敬,那孩子经常长时间地不说话。走在路上时,他想去拉父亲的手,可文森特拒绝了。儿子的手刚碰到他的手,文森特还没有感觉到,就把自己的手抽开了。他弓着背,低着头,继续往前走着。罗西塔无意间瞥见儿子寻求温情的举动和丈夫残忍的回应,她紧紧咬着牙才忍住了眼泪。"可为什么呀?他为什么要这样做?为什么总是魂不守舍,为什么不在乎我们了？为什么他不爱我们了？为什么？为什么？为什么一切都完了？为什么他这么固执地沉默？这沉默正在杀死我们，毁掉我们的孩子、家庭，毁坏我们的爱和生活。"

那天晚上，孩子们睡得很晚。罗西塔给他们念了一个故事，接着又念了一个，又念了第三个。最后，在独自照顾孩子整整一天后，她感到筋疲力尽，去卸了妆，刷了牙，吻过丈夫，准备去睡觉。文森特没有说一个字，但顺从地由她在额头上吻了一下，还把自己的手放到妻子的手上停了一会儿。罗西塔去了卧房，文森特独自静静地坐在客厅里，眼神穿过昏暗的窗户和小小的阳台，凝视着漆黑的天空。他坐了十几分钟，然后也离开了。他站起身来，拿过外套，走出公寓大门，走进夜幕下的布宜诺斯艾利斯，去找桌子玩牌。

罗西塔关了灯，脑子里却想着白天折磨她的那些问题，无法入睡。她听到丈夫又出门了，几个月来他每夜如此。她孤零零地躺在床上，哭了很长时间，用枕头捂着嘴，压住啜泣的声音。"为什么？！为什么他不再爱我了？！为什么他都不碰我了？！为什么不亲吻我，不跟我做爱了？！为什么他都不跟我做爱了——甚至不跟我说话呢？"罗西塔满怀绝望地哭了很久，直到背后传来一个小小的声音：

"妈妈？"

玛莎和厄休拉在黑暗中手拉手，站在床边。两人注视着她，有点抱歉，又有点害怕。

"胡安·何塞……他醒了。"

"……我们叫你来着，可是……"

罗西塔没有听见女儿们叫她，她哭得太厉害了。她连忙爬起来，为自己没听见叫声道歉，然后伸出双臂把女儿们抱在怀里，一起走回她们的房间，安抚了胡安·何塞，他很快就又睡着了。她再跟女儿们道了歉，吻了她们。

"你脸上为什么湿淋淋的？"

罗西塔都没注意到，自己哭得太久，脸上还全是泪水。

"没什么,没什么,没事的。"

罗西塔擦干了脸上的泪痕,让孩子们放心。她再次吻了她们,然后让灯亮着,回到自己的房间。她让灯亮着,是为了让女孩们安心,也让自己安心。

1943年2月初的一天晚上，一家人刚刚从马德普拉塔度假回来，家里来了一个三十多岁的男子，夫妻俩都不认识：莫舍·费尔德舍尔医生。那天是周六，天气特别闷热，客人穿着羊毛外套，围着灰色围巾，戴着深色的帽子，按响了公寓的门铃。见他在夏天穿着这么热的衣服，文森特立刻就猜到，他来布宜诺斯艾利斯一定没多久。莫舍·费尔德舍尔是贝尔的朋友，在华沙的犹太隔离区他们一起工作过。六个月前，他成功逃离。他用意第绪语讲了自己漫长的逃亡之旅：先从波兰去了俄国，然后到芬兰，从那里坐船到巴西。在圣保罗耽搁两周后，他终于来到了布宜诺斯艾利斯。他们的地址是文森特的哥哥给他的。莫舍·费尔德舍尔说，自己是从柏林被流放到华沙隔离区的，贝尔和妻子给了他许

多帮助。他讲了和贝尔一起工作的情形:

"开头几个月,我们什么病都看,大部分是伤寒和结核病。我们一天工作十六到十八个小时。大多数病人都没钱付医药费,但我们还是千方百计地帮他们治疗。后来,慢慢地,什么药都没了,我们也只剩一种病要应付了,那是唯一一种学校里什么都没教过的病……"

"是吗?是什么病?"罗西塔从厨房问道,她正在煮咖啡。

"饥饿。"

文森特仍然沉默着。罗西塔回到客厅,接着客人的话问:

"可是……我没明白,为什么学校不教这个呢?"

"原因很简单:只有这个病无药可治。"

莫舍·费尔德舍尔接过罗西塔递过来的咖啡,微笑着表示谢意。

文森特极其费力地克服了几个星期以来淹没他的沉默,用离开华沙后就再也没说过的那种语言,艰难地吐出几个字：

"我母亲怎么样？"

莫舍·费尔德舍尔通报了他母亲的"近况"，尽管那是六个月之前的事情了。他逃走的时候，她还活着，虽然身体非常虚弱，但她既没有得肺结核，也没有得伤寒。

他用略带玩笑的语气说："有个当医生的儿子，估计还是有点用的。"

莫舍·费尔德舍尔又讲了些关于隔离区和战争的事。他很幸运，未婚妻跟他一起逃了出来，她现在怀孕了。他讲这些事时带着点事不关己的态度，让文森特难以忍受。喝完咖啡，他也许是受不了主人的沉默了，虽然罗西塔请他留下来吃晚饭，他还是告辞了。文森特勉强对他说了声再见，说完就转身到客厅外面的小阳台去了。白日还没有完全逝去，天空已经昏黑，地平线上还点缀着长长的亮色的云丝，把天边染成蜜色和血色。白日缓缓而逝，慢慢地、一点一点地死去，死得鲜血淋漓。

文森特想说点什么，但最终什么也没说出来。这些日子他常常这样。一万两千公里之外，母亲和哥哥也许正处在生死攸关的时刻。在这种时候，他怎么可能像刚才那个男人一样，那么无忧无虑、轻浮、天真地说话？莫舍·费尔德舍尔走了没多久，天就完全黑了下来。文森特穿上外套，也走出了家门。他在文斯区一间酒吧烟雾缭绕的后厅里与萨米会合，打牌到凌晨，输光了口袋里的钱。他没有回家，径直去了店里，心里满是羞愧。他在地下库房找了个没卖出去的长沙发躺下，睡了几个小时。但这一觉睡得非常疲惫，他做了一个梦，在余生的岁月里，他将反复做这同一个梦。他梦见自己在床上，刚刚醒来。他站起身，发现床周围建起了一堵墙。他绕墙走了一圈，但墙把他团团围住，他被彻底囚禁在里面。他试着跳过去，或在墙上挖洞，把它推倒，但墙很高，坚不可摧。他挣扎着，墙开始发出咯吱咯吱的声音，移动起来，越围越紧。墙越来越近，最后他一点自由活动的空间都没有了。文森特拼尽全力敲打着、叫喊挣扎着。他感到窒息，但继续嘶吼着。然而这些都无济于事，墙逼得更近了，越发让他无法喘息。突然，文森特发现自己手上有把刀。这时，墙更近了，已经贴到了他的身体，文森特已经透不过气，他绝望地伸出刀朝墙砍去，终于穿透了墙体。他用刀在墙上挖着，挖出洞来，挖成了一个凹槽，凹槽流出血来，让他感到疼痛。

文森特明白了，墙就是他自己的皮肤，他要么困在皮肤里窒息而死，要么把自己砍伤，流血而死。就在这时，他醒了过来，气喘吁吁，大汗淋漓。时间几乎到了中午十二点，文森特定了定神，呼吸平稳了一些，起身出了商店。"又是一个星期天，"往家走的时候，他心里这样想，"一个无用的星期天，徒劳的星期天，接下去是一个同样徒劳、同样无用的星期一。一个星期天，两个星期天，三个星期天，一个用来数日子的星期天。好像这些日子、这些星期还有什么意义似的。"

文森特·罗森博格的生活在继续,许许多多人的生活也在继续。几百万犹太人、几十万茨冈人、几万共产党人,以及他们已经或即将命丧集中营的亲人,他们的生活也在继续,世界上其他许许多多人的生活都在继续,却漫无目的。许多人的生活往往就这么继续着:没有目标,毫无意义。文森特心不在焉地继续工作着,心不在焉地继续照料孩子,心不在焉地继续爱抚妻子。

布宜诺斯艾利斯越发繁荣热闹、光鲜亮丽起来。文森特继续沉默着,没有任何欲望、没有任何乐趣地活着。他下班回家,走路去店里上班,接待客人,卖掉一套套卧室、客厅、餐厅的家具。有时候,他几乎喜欢这样的生活,几乎喜欢这种可笑的、无意义的刻板重复;有时候,他几乎是爱生活的——就像他几乎喜欢通宵鏖战到黎明,在牌桌上输光家具店赚来的钱,好忘掉内心的负罪感。文森特玩牌似乎只为了输钱。他赌得越多,就输得越多。夜复一夜,他赌了又赌,输了又输。似乎输个精光,他就能偿还自己欠的债。

罗西塔不知道该拿丈夫怎么办。"我还记得初次见面的时候,记得他的双臂、他的双手和嘴唇。我记得他是一切。我记得他是他,他也是我,而我不再存在。不再存在的感觉是那么美好。"罗西塔任自己沉浸在回忆里。她想着他的手,他的眼睛,他的舌头,他曾那样尝尽了她整个身上最美妙的部分。他们曾经那么亲密,那感觉如此甜美。"我记得他说永远都忘不了我的身体、我的灵魂、我的嘴唇和脸颊,还有,他把它叫作……叫作什么来着?啊对了,我细瓷般的皮肤。他说话总是那么快,说得那么好,那么温柔,他什么都好。他在我身边。没错,问题就在这儿:他从前在我身边。真的在!那时他是他自己,他是两个人,也是十个人。他像一条河,一片海,一道激流。他也是一滴眼泪,一颗石子。他是大洋中央的一块暗礁。"

想起这些往事,罗西塔有时觉得幸福,微笑浮上她的脸庞；但更常见的情况是，这些回忆让她难过，使她痛苦，于是她会绝望地哭很久。"我爱过他，爱得那么强烈，比爱我自己还要爱他。"罗西塔每次回忆往事，都能更清楚地了解现在的状况。她明白，文森特不肯原谅他自己没能救得了母亲，可她不知道怎么帮他——她既不能帮他救母亲，也不能帮他原谅自己。"我可以试试说服他，这不是他的错，他该做的都做了……可说这些有用吗？我明知道事情不是这样，他自己也知道。虽然好多年前，他给母亲写过信，劝她离开华沙，劝她来布宜诺斯艾利斯跟我们住，他却从没真做过什么来促成这个想法。这他自己也知道。他知道光写信不够，他得做点别的，得自己去接她，或至少给他哥哥写信，让他把她送来。问题就在这里：他的负疚感是没法减轻的，原因很简单，他就应该负疚。"

罗西塔天天为丈夫的状态忧心，可永远想不出办法来解决问题。她觉得他当初离开波兰是对的，远离他母亲、哥哥和姐姐，都是对的。她觉得他远离家庭才能长大,变成成年人——变成他自己。但她同时也知道,丈夫对母亲说,想让她来布宜诺斯艾利斯一起生活,这是在撒谎。他离开欧洲时,已经对未来的危机有所预感,可他以为,无论发生什么灾难,自己都能拯救家人,他那是在自欺欺人。所有这些谎言以及他的负疚感,都使两人无法进行任何交流。有那么几次,她试着跟他谈这件事,想安抚他,让他轻松些,结果只是让事情变得更糟。哪怕她只是简单地陪在他身边,跟他一起沉默,气氛也只能变得更不愉快。这几个星期以来,只有一次,他允许她跟他一起,坐在客厅的长沙发上,她没有说话,只是把他拥在怀里,温柔地抚摸着他的头,他们这样待了很长时间。最后,他终于忍不住了,对她说,她什么都不明白,她根本没法明白,也永远都不会明白,因为想明白他的感受,只能经历同样的事情——但这又永远不可能发生,因为她的父母成功地逃脱了迫害,和她一起幸福地在布宜诺斯艾利斯生活。

然后，不久发生了一件出人意料的事，打破了这些日子以来的灰暗、单调的痛苦。莫舍·费尔德舍尔医生来访几个星期后，一天晚上，在托尔多尼咖啡馆里，文森特看着萨米独自在玩弹球，阿里尔一阵风似的冲进来，脸上满是笑容。那是1943年4月底，阿里尔跑到朋友们面前，给他们看《犹太思想报》的头版：华沙隔离区的犹太人对德国人发动了武装起义。阿里尔兴高采烈，萨米和文森特也立刻激动了起来。阿里尔要了香槟，三个人边喝边谈，然后离开咖啡馆去了帕勒莫的赛马场。这天，文森特赢了，这是几个月来的头一次。吃过晚饭他就回了家，口袋里装着一叠崭新的钞票；罗西塔看见他，被他脸上的笑容弄蒙了。

"出什么事了？"

"我……我赢钱了……还有……他们起义了！他们起义了！！！……你明白吗？他们拿起了武器，据说杀了好几十个德国人！"

狂喜之下，文森特不仅稍稍夸大了被杀的德国人的数量，还恢复了他的语言功能，滔滔不绝地说了好几分钟，告诉妻子他在报上看到的消息，以及阿里尔告诉他的事情，阿里尔可是跟写那篇报道的表兄亲自聊过的。他心里充满了不切实际的乐观。和其他人一样，他相信，隔离区还不知道鹿死谁手。于是整整两个星期，他恢复了每天读报的习惯，也天天开口讲话。罗西塔巴不得见他这样。他的希望、乐观和兴奋诚然不切实际，却也不是没有道理，因为隔离区的居民们居然短暂地抵抗住了德国人的进攻。事实上，得知从1942年7月开始的大规模流放并不是为了送犹太人去东部国家的集中营劳动，而是把他们送进特雷布林卡的毒气室，隔离区里的两个犹太人地下组织就在波兰抵抗运动的支持下，拿起了反抗的武器。两个组织一度成功阻止了德国军队控制隔离区。战斗在隔离区的每一条街道上、每一栋房屋里进行，持续了将近一个月。在这段时间里，远在布宜诺斯艾利斯的文森特重新开口说话了，他又能照看孩子、爱抚妻子了。自从六个多月前莫舍·费尔德舍尔医生登门拜访后，他没有再收到母亲的消息，但他觉得她的命运还有翻盘的可能，如今她的生死，就系于华沙隔离区街巷里正进行的战斗。

希望终究只是昙花一现。德军发起了第二次进攻，不仅夺回了隔离区，并且把大多数房屋夷为平地，起义者全军覆没。1943年5月12日，塞缪尔·齐杰博伊姆，第一个曝光纳粹在波兰大屠杀的人，在伦敦自杀，以死来抗议国际社会的不作为。隔离区里零星的小股战斗一直持续到7月。但5月16日，华沙警察局和党卫队头子约尔根·施特罗普炸掉了华沙的犹太大教堂，以庆祝起义被镇压。"大教堂坚固得很，工兵和电工们准备了很长时间才把它炸掉。场面壮观极了！工兵队长把起爆器交给我，我边喊'希特勒万岁'边按下了开关。爆炸掀起的烟尘直冲云霄，火光色彩斑斓，这难忘的场面是我们胜利的绝好象征。"施特罗普描述爆炸的方式，活像小孩子得到了一个新奇的玩具，看着它发出"砰"的响声。一切也的确简单至极：施特罗普等了很长时间，直到工兵们结束施工，他就按下了起爆器，随后就是"砰"的一声。北半球那一年的暮春，隔离区内的大多数房屋像隔离区外的犹太大教堂，也变成了一片废墟。

亲爱的文森提：

我很久没有你的消息了。也许你给我写了信，但邮政如今不能像以前那样运转了。什么都不能像以前那样运转了。我还是希望你能收到这封信。施罗姆说他会想办法把它带出去寄给你。我们差不多把什么都卖了，家具、书、衣服，可是东西都不值钱了。剩下的那点东西，还有我的最后一只戒指，就是我和你爸爸认识时他送我的那只，也一文不值了。唯一值钱的是食物。和所有人一样，我们非常饿，这是个可怕的感觉。我从来没想到会饿到这个份上。昨天，贝尔看见街上有两个男人在殴打一个孩子，就为了几个土豆。那孩子还不到十岁，他们就把他扔在人行道上了,把他打得半死不活。

德国兵夜里经常闯到人们家里。他们杀起人来不需要任何理由,说是奉命行事。有些人醉醺醺的,手上拎着斧子。不过,冬天来了,大多数德国兵的眼神变得跟我们一样忧郁。

文森提,请你给我们寄点什么吧!我不知道能不能到我们手上,不过你还是寄吧!知道你给我们寄了东西,这简直跟收到你寄的东西一样好。希望罗西塔和孩子们都好,商店生意兴隆。

爱你的妈妈

当初开的蓝花楹把布宜诺斯艾利斯的天空染成温柔的紫蓝色的时节,文森特又收到了母亲的信。他一直都没弄明白,为什么信用了好几个月才从华沙寄到布宜诺斯艾利斯。信的内容让他痛苦、焦虑、极度不安,他当天就回了信。他说罗西塔和孩子们都很好,商店也诸事顺遂。怀着从未体验过的巨大的负罪感,他往信封里塞了两张五十美元的钞票。

  从邮局出来,文森特就回了家。他没有跟罗西塔说话,也没告诉她又收到了母亲的来信。他怎么能够,又怎么敢向妻子转述母亲那些绝望的话呢?这天晚上,文森特没出去赌钱。他一言不发地跟罗西塔和孩子们一起吃完晚饭,早早就上了床。他想睡觉,别无他求。他只要睡觉和遗忘。他想睡过去,没有言语,没有思想,没有画面。他想要一场无梦的睡眠。他睡着了,却又做了那个自从莫舍·费尔德舍尔医生来访后常做的梦。在床上醒来,被不可逾越的墙包围着,墙越逼越近,让他窒息……情节一模一样,除了一个细节:他用来透气、呼吸、切破自己的皮肤并杀死自己的那把刀,不像以前那样神奇地出现在手上,而是由不知从哪里冒出来的母亲递给他的。

  他又一次惊醒,气喘吁吁。罗西塔在身边,手放在他的肩膀上。文森特仍然惊恐不已,过了一会儿才认出她来。

"没事吧?"

文森特没有回答。罗西塔伸手要去拉床头的灯,但文森特制止了她。

"不,不要……别管我,一会儿就好了。"

他抓住妻子的手,紧贴在自己脸上。罗西塔没有再开灯,她把脑袋放到枕头上,脸转向丈夫。文森特也躺了下来,继续把妻子的手压在自己脸颊下面,面对着她。两人面对面躺着,罗西塔的一只手压在文森特的脸下面。他们像两个受惊的孩子,在黑暗中睁着双眼。文森特想着母亲的信。他想着她说的那些话,仿佛听到了她安详的、唱歌一般的声音,还有点沙哑,声音是那样清晰。自从离开了华沙,他从来没有像今天这样清晰地听到她的声音。

罗西塔在黑暗中注视着他,满心担忧。文森特看上去那么遥远、无助,疲惫不堪。罗西塔试着对他露出微笑,想安抚他——可她的表情更像是苦笑。文森特对这个微笑没有任何反应:他几乎都没觉察到。在这一刻,他的目光穿透了妻子的双眼,越过他们的睡床、房间、公寓,越过城市和海洋,投向了遥远的地方:这一刻,他的目光在华沙白雪覆盖的街道上飘荡,停不下来。

突然间,文森特的思绪离开了母亲和故土,回到了这间卧室。他看着妻子,像她凝视他一样定定地看着她,深深地、茫然地看着她。罗西塔捕捉到他眼神的突然变化,忍不住开口道:

"告诉我……"

罗西塔并不知道想让丈夫告诉她什么,也不知道他能告诉她些什么,但还是温柔地请求他告诉她。文森特仍然静静地看着她,看了许久。他很想跟她说点什么,告诉她自己的感受,告诉她母亲的信激起了他什么反应,或者,至少告诉她点别的,比如就说一些自己的感觉,就说一点信里的事,或者哪怕跟她撒个谎,编个无关痛痒的谎话,好让她安心。他也想随便跟她说点什么,就为了表示他听见她的话了,表示他在意她——可是他什么也没说。收到母亲前一封信后,他就有了这样的感觉:自己非但不想再说话,更是再也没有说话的能力了。他想开口说话,可是被囚禁在沉默里,**无法**开口。他再也不会说话了。

关于这封信的内容——这是来自母亲的最后一封信——文森特没有透露一个字给妻子和孩子们,也从未跟其他任何人提起过。

这个不眠之夜的第二天,文森特和罗西塔带着孩子们去岳父母家吃饭。结婚以来,这基本是每月一次的例行节目。罗西塔父母住在跟家具厂连在一起的一幢高大牢固的两层小楼,带有布宜诺斯艾利斯典型的庭院。家里人管那个家叫"工厂"。玛莎和厄休拉早就盼着这个每月一次的家庭聚会,催了很久了。聚会常常有二十几个人参加,父母、子女、孙子孙女,齐聚一堂。文森特一向不喜欢这种家庭聚餐,但每次都乖乖地参加。虽然他觉得妻子的家人有点"乡气"(有一次他为了逗罗西塔笑,用了这个词),他还是爱他们的。孩子们一天天长大,女儿们满怀憧憬能在聚会上见到数不清的表兄弟,连文森特也觉得,这个聚会必然是件开心事。

按照三年来每次聚会的老规矩，开饭前，罗西塔的父亲皮尼·扎比尔——孩子们给他起了个啰哩啰唆的外号叫"扎伊德爷爷"——问文森特商店的生意怎么样。他总是不放心这个女婿，不知道他有没有好好工作，不知道送给他的家具店是不是生意兴隆——但也可能他只是喜欢聊"家具"。

"觉得白雀木的新橱柜怎么样？你注意到做工有多精细了吗？"

文森特使出浑身的力气，简短地回答了岳父的问题。他的话虽然简单，但都是好消息：这几年，跟布宜诺斯艾利斯所有的商店一样，虽说他越来越不上心，可家具店的生意还是很好。

开饭了。上了传统的柠檬烤鸡配土豆，孩子们大快朵颐。文森特重新陷入了痛苦——陷入了沉默。"我们非常饿，这是个可怕的感觉。我从来没想到会饿到这个份上。"看着眼前的孩子们，看着食物，文森特想起了母亲信里的话，想起了那封他没跟任何人提起过的信。她还在挨饿吗？在他和妻子以及孩子们合家团聚、尽情吃喝的时候,母亲是不是在忍受着饥渴?为什么?为什么她要遭受这些苦难?为什么她没和他们在一起,围坐桌子旁,享受天伦之乐?文森特注视着眼前的烤鸡、孩子和大人们,被心里冒出的这些问题折磨着。他不仅没有答案,而且也无意寻找答案。答案有什么意义呢?问题越简单,答案越显而易见,事实就越残酷。残酷的是,这些问题原本就不该提出来。

干渴难耐之际,我看见外面挂着一块漂亮的冰凌块。我打开窗子,把它拿了下来。一个德国士兵走过来,粗暴地把冰块从我手上夺走。

"为什么?"我用自己那点可怜的德语问道。

"这儿没有为什么。"他回答说,接着把我推到里面。

"Hier ist kein warum."①这儿没有为什么。多年以后,文森特在普里莫·莱维②的书里读到的这些文字,说明纳粹有意在集中营里建立一个不一样的世界,一个没有为什么的世界。在布宜诺斯艾利斯的那些灰暗岁月里,被负罪感压垮的文森特,每天都在等着母亲的来信,又期盼又惧怕。他的心被成千上万个没有答案的问题撕扯,他常常对自己说,很多事情是没有为什么的。直到很久以后,他终于了解了大屠杀的真相,才明白了一个简单的区别:在生活中,确实有些事情是没有为什么的;而在集中营里,纳粹成功地建立了一个世界,在那里,任何事情都没有为什么。

直到战争结束,文森特都没能知道那些他应该知道的事。但读完母亲的最后一封来信,他就有了预感,所以他不想开口谈论此事。他知道的

---

① 此处为德文,意为"这儿没有为什么"。
② 普里莫·莱维(1919—1987),意大利作家,著有《被淹没和被拯救的》,记录了自己在奥斯威辛集中营的经历。

足够多了，多得足以让他决定，从此不再半睁双眼面对世界，而是彻底闭上眼睛。收到信的第二天，他又停止了听广播、读报、去咖啡馆聊天。他决定，再也不开口谈这些事——不谈这些，也不谈其他的一切。

他开始了一场一动不动的逃亡，时刻努力让自己无知无觉，他要缓慢地、一点一点地死去。只有一件事让他苟活：赌钱。他成日泡在赛马场、赌场，尤其是牌桌上。初夏的这个周五晚上，从岳父母家聚会出来后，文森特像每天晚上一样，去找地方玩牌。

战争最后两年（包括战后，直到他去世之前其实都是如此），他是靠赌钱活下去的，因为他偶尔能连续几个小时，甚至几天，假装自己是个有钱人。但更常见的情况是：赌钱之所以能让他活下去，是因为那会让他变得赤贫：他输掉一切，只能受苦。赌钱像沉默一样，成了他深陷其中的牢狱，他必须接受的惩罚。只要一到赛马场，或者在牌桌旁坐下，或者周末跟阿里尔和萨米一起进了马德普拉塔或蒙的维迪亚的赌场，他就感到如鱼得水：他无须再规规矩矩地生活，一点一滴地建设，只要押上全部，孤注一掷——他只希望一举输掉一切。

罗西塔很爱他，愿意陪他受苦，但他不想让她陪；女儿们长大了，一个七岁，一个九岁，已经开始懂事，但他不想让她们懂。自从读了母亲最后一封来信，自从自己在脑子里想到了他能想象出来的那一点点母亲可能遇到的情形后，他就决定从此不再说话，专心赌钱。他决定把自己的生活，他真正的生活，定格在1943年11月，变成一张老照片，遗忘在一堵年代久远的破墙上。

从那一刻起，文森特突然变成了一个自己都不认识的人，他成了别人，一个没有意义、没有希望、没有未来的人。在所有已经发生在他身上、将来可能会发生在他身上的事情之中，那件最有决定性、最断然的事情，并没有发生在他身上。它本来有可能发生在他身上，可是没有发生。它降临在母亲、哥哥身上，而没有降临在他身上。"我再也不想说话了，不想思考了。我不想了，什么也不想了，无论什么都不想。我要沉默，对，沉默。不想再说一个字，不想发出一点声音。什么都不想了。"

文森特想知道真相，同时又不想知道。他不想知道，因为他料到，知道了只能比不知道更糟。"听吗？为什么听？说吗？为什么说？闭嘴。不要知道。尽量远离这一切，站在世界之外。我至少有权这样做，不是吗？"

在读母亲的最后一封来信之前，文森特读过报纸。他知道华沙犹太隔离区里的日子越来越艰难，德国和德占区里的犹太人的生活已经暗无天日。他读过《民族报》《每日电讯报》和《纽约时报》上那些触目惊心的文字。接到这封信之前，文森特在报上寻找各种蛛丝马迹，想看懂时局——同时他也跟所有人一样，在找**不看懂**的理由。收到母亲的最后来信之前，文森特与所有人一样，既想知道真相，又不想知道真相。

收到这封最后的来信之后,一切都变了。读完这封最后的信,文森特宁愿自己不知道这些。什么都不知道,绝对的、粗暴的无知。他想学会最极端的无知。不仅不想知道这些事,他甚至想从此之后**再也不想**知道了。什么也不想再知道,即使是他已经知道的。无论是母亲、哥哥、妻子、孩子们,还是他自己,曾经经历过什么,将来又会遇到什么,他一概不想知道。

这可能是人类最奇怪的特质之一:身体在过于痛苦、过于衰弱时就会昏倒,就像一台机器,熄火后能重新启动;人的精神也是如此,当痛苦和无力感太过强烈时,精神就会衰弱,变得麻木,停止运作,以便能够生存下来,或者说,让某种东西能生存下来——一种是人又非人、是自己又不再是任何人的东西。

收到这封最后的来信之后,文森特不再相信。他什么也不信了,不相信妻子、孩子,不相信自己。他不再相信生命比死亡重要。

然而，收到这封最后的来信之后，就像华沙隔离区起义带来的希望破灭之后，生活又一次回归了正轨。它像往常一样缓慢、空虚得可怕。文森特对一切都失去了兴趣。但他每天照旧起床，去上班。白天，他继续着家庭生活，只是把自己封闭在沉默里；晚上就去赌钱。他赌钱是为了惩罚自己——也是为了遗忘，尽管他根本忘不了。阿里尔常常对他说，必须要遗忘，他别无选择，必须想点别的事情，要摆脱这种抑郁状态，这种状态会杀死他。为了妻子和孩子，他必须这样。他告诉文森特要把心思放在工作上，忘掉痛苦，尤其不要再赌钱了——他绝对不能再这么输下去了。

文森特听着好友的劝说，却并无回应。他知道该忘掉痛苦，停止赌博，知道自己该为了罗西塔、厄休拉、玛莎和胡安·何塞而努力，可他完全没有努力的能力。偶尔那么几次，他唯一希望的事，就是一夜豪赌之后，他一文不名、疲惫不堪地睡过去，第二天醒来时能忘掉一切。他就想那么忘掉一切,无须努力,无须刻意,连自己都意识不到。他梦想着,某一天醒来时发现,从前他知道的一件事,如今已经想不起来了:就像日常生活中经常发生的一样,他明明觉得自己忘了什么,可已经想不起来那到底是什么了。

然而这样的时刻始终没有来。文森特梦想着一个焕然一新的早晨,可每天早晨醒来,他还是同样的他:有同样的回忆,同样的负罪感和同样想要遗忘的愿望。

然而有一天,那时文森特已经沉默了几个月,也没有再去托尔多尼咖啡馆聚会,每天只是在店里工作(或者说假装工作,他只是看雇员约尔戈工作),阿里尔和萨米一起来找他。他们拿给他好几份报纸。这些报纸上登着图片,展示着巴黎大街上欢乐的游行人群——巴黎解放了。文森特对此没什么反应,他什么也没对朋友们说,也没有高兴或遗憾的表示。但那天晚上回到家,他对罗西塔的态度要比往常温和一些,夜里孩子们睡下后,他们做了已经几个月没做的事：他们做爱了。那是1944年9月初。

第二天早上，罗西塔坚定而又怯生生地对他说，她决定继续药物学学业。

"我知道你反对，你不想让我去。可我受不了了，文森特，我觉得透不过气来。我在这个家里快憋死了。我得出去，去干点别的。我跟父亲说了，他会借钱给我，雇个人来照看孩子。"

罗西塔看着丈夫，等他说句话，做出点反应，或表示反对。她以为，起码她跟父亲借钱这事会让他大怒，然而文森特又一次什么也没说。

"你想死，你想就这么到死，假装世界不存在，假装什么都没意义，连孩子都没意义，这是你自己的事。可我不能接受这样，我不会跟你一起这样死的。"

罗西塔仍然看着他，又等了一会儿。可文森特只是低下头，长叹一口气。那天早上，当暮冬的阳光洒在布宜诺斯艾利斯的街道上，轮到罗西塔出门散步去了。

文森特本来可以试着回答妻子，但他没有；他本来可以试着留住她，但他没有；他本来可以试着去理解，为什么恰恰在爱情短暂地战胜了沉默和死亡的那一夜之后，妻子向他说了这样的话，但他没有。他既没有试着回答，也没有试着挽留，更没有试着理解，因为一夜温存过后，在他眼里，所有事情又变得无足轻重了。巴黎解放带给他的那点快乐，华沙起义那几个星期他心里怀着的巨大希望，都是因为他心里还抱着一丝希望，希望母亲还在人世。他怀着这点希望的原因既荒唐又很有逻辑：始终没有人给过他母亲的死讯。

"不好意思，我今天在店里睡了……"

"又睡店里？！"

南半球的冬季结束了，春天给城里的大街小巷带来了欢声笑语，可文森特只觉得越来越孤单。一到晚上，他就出门去赌钱，有时候他会告诉罗西塔,自己不回来睡觉。

"我这阵子睡不好觉。"

他借口需要安静,说喜欢夜晚店里的狭长阴凉,每天牌局结束后,他越来越经常在地下库房睡觉。他越发频繁地做那个自莫舍·费尔德舍尔医生拜访后做过的那个梦。现在,他会梦见自己打量着周围那堵墙。当墙开始收紧的时候,他看着墙上的石头,伸手触摸它们,捕捉到从缝隙里渗出的湿气。他不再对着墙发怒,不再用拳头捶打它。他注视着它,探究它,仿佛它即将带来的死亡跟他无关。但总会有那么一刻,墙越来越紧,他开始缺少空气,这时他手里总会出现一把刀,或一把锤子,或一块大石头——这时,他总会爆发出力量,把墙摧毁。

然后他突然明白,这堵包围他、让他窒息,又被他带着狂怒挖开、摧毁的墙,就是他的皮肤。每次总是在这一刻,他突然惊醒。

巴黎之后,比利时和荷兰也先后解放,接着盟军攻入德国,苏联红军进入华沙。但文森特再次对欧洲的事情表现得漠不关心,他回到了自己的囚笼:沉默——还有赌博。

1944年10月底的一个周六,天气特别阴沉。文森特独自去了港口附近一家声名狼藉的酒吧。他玩了一整夜,输了一整夜。一开始就出师不利,接着一输再输,输得一败涂地。等他把手里的钱都输光,就在那个特别阴沉的夜里,在那家特别恶名远扬的酒吧里,他成功地从一个名声特别差的赌客手上借到了一点钱——然后又被他输掉了。天亮时他总算脱了身,因为酒吧老板认识他,还认识阿里尔和萨米,知道万不得已的时候,他的朋友会替他还钱。

文森特从港口出来,往城里走。走了几条街后,他碰到一群年轻人,叫嚷着从巴霍区的一栋大楼里出来。这些人衣衫不整,非常兴奋,十几个人又说又叫,闹出来的动静听着像是有三十多个人。从大楼里出来时,他们迎面撞上文森特,无意推揉了他几下。但他们沉浸在兴奋中,谁都没有注意到。这伙年轻人注意力都在同伴身上,男孩盯着女孩,女孩盯着男孩,谁都没有停下来跟文森特道个歉,似乎没有一个人留心到这个孤单、苍白、颓丧、茫然踯躅在温柔晨曦里的男人。他们醉醺醺的,脚步踉跄,抽着烟,大声说着话,沿着连廊渐渐走远。这时文森特认出了其中一个搂着姑娘往前走的男孩:那是弗朗茨,他从前的德国雇员。文森特用目光追随了他许久,他看起来那么幸福,无忧无虑。弗朗茨没有认出文森特,他跟朋友们一起,在街角消失了。

文森特在原地站了一会儿。他心烦意乱,却不知道为什么。然后他接着往回走,途中在托尔多尼喝了杯咖啡。再上路时,天下起雨来。马约大街灰蒙蒙的,沉闷压抑:商铺都关着门,街上的汽车和寥寥无几的行人也灰蒙蒙的,一切都沉闷而悲哀,似乎马上就要撑不下去了。"必须,必须。义务,这是个义务。必须做。我必须完成做点事情的义务。做点什么,不能无所事事。"文森特低头往前走着,眼睛盯着自己的两只脚,一前一后挪动着,很有节奏,然而这节奏又毫无意义。他沿着人行道慢慢地走着,脚下的路似乎越发漫长。他筋疲力尽、毫无斗志地走着,走着。道两旁的楼房像被雨水浇塌的土墙一样,似乎在渐渐碎蚀,马上就要轰然倒塌。"我必须要做点事,虽然我只能什么都不做。我只能什么都不做,我什么都做不了。我从来都搞不清这两者有什么分别。"

一些没有下文的字眼,像没尾巴的大头蝌蚪,又开始在他脑子里乱窜。他试着抓住它们的脉络,却无济于事。"或者重新开始生活,停止输钱。对,重新生活。重新做个男人,真正的男人,上尉。一个活着的男人,会说话的男人。一个朋友、丈夫、父亲。一个……一个孩子。""重新,做,孩子。"他那么强烈地想着这几个字眼,仿佛听到有人在大声念着它们。这时他感到泪水涌上了自己的眼眶。"世界的动荡。世界、街道、咖啡馆、公园、树木、风、孩子们、学校的躁动。生活。生活原本就是这样的。可是生活消失了,慢慢地走远了,我不知道现在它去了哪里。我是孤独的。我再也听不见声音,我的耳朵塞住了,眼睛也闭上了。天亮了,我却坠落了。我坠落了,我知道,我坠落了。我倒了下去,像暗夜降临,像世界陷落。我不知道自己是从何处倒下的,可我就是倒下了。我也不知道自己会坠向哪里,我只是倒下了。我就这么慢慢地倒下,倒在自己的墓穴里。是的,就是这样。够了。"

文森特走着走着,不知不觉来到了家具店前。这天是星期天,现在是早上七点一刻,他没有任何理由跑到这里来。可是他机械地升起卷帘门,机械地走进店里。还没搞清楚自己究竟想做什么,要找什么,他就进了地下室,那里是他常常过夜的库房。然而这一次,他看都没看常给他充当卧榻的那张没卖掉的长沙发。他要找一根绳子。他记得就在几天前送来的一个装沙发的大箱子里。他找到了绳子，在上面打了个活结。他把绳子系到天花板下面的一条粗金属管道上，拿了把现代风格的椅子过来。那批椅子一共五十把，一直没卖掉。"袖手旁观，闭口不言。我再也不能忍受了。事情其实很简单，了结就好。我该走了，永远消失。死，静静地死。静静地，但终于死了。用静静的方式死去。安详的死亡。我的死亡。用我的方式安详地死去。"文森特站到椅子上，把绳子套在自己脖子上。"是的，是的，希望我死得安详——尽管我要死了。"

文森特闭上了眼睛。他站在椅子上，什么也不想，就那样待了一会儿。他在寂静里站着，真正的寂静，脑子里不再有任何字眼。他平静而放松，甚至都没想到，自己终于停止折磨自己，终于停止思考了。他还没有死去，可死亡的念头已经平息了几个月来让他生无可恋的焦虑。文森特毫无疑虑，毫不迟疑：他知道自己必死无疑，到这一步了，终于到了。

面对死亡，文森特终于是他自己了——然而他已经不是任何人。

一步,两步……三步。

文森特吸了一口气,准备把椅子踢倒。这时,他听到犹犹豫豫的脚步声。有人走进了商店。出于好奇,只是简单地出于好奇,他停下了动作。他伸长了耳朵,留心倾听。他倒没有多想知道来人是谁,只是不想弄出动静来。他不想有人听见椅子倒地的声音,跑到地下室来,盯着他的尸体看,好像他死了之后还会感到不好意思。于是他站在椅子上,一动不动地听着,等着。他一点都不怀疑这个在清晨的布宜诺斯艾利斯走失了的人,这个不速之客很快就会离开。他站在椅子上,耐心地等着。四周一片寂静,他没发出一点声音。

"文森特?"

文森特听出罗西塔的声音,不禁吓了一跳。"什么?!……为什么?!怎么会……可是她来做什么?这不可能!不可能……"他脑子里瞬间涌出许多字眼。语言回来了,像一道激流,汹涌澎湃,生气勃勃，但也令人肝肠寸断。

文森特没有应声。他看不见妻子，只听见她的脚步声，她一步步走近了通往地下室的活动门。

"亲爱的，你在哪里？"

文森特没有回答，可他突然哭了起来，脑子里重新塞满了晦涩不清的念头。他脖子上还套着绳子，脸上涕泪横流。他心里满是羞耻，不知道自己期待着什么样的结果。

他用手捂住脸，试图压抑住哭泣声。但罗西塔已经听到声音了，在活动门前停下了脚步。她看到商店的大门开着，立刻明白文森特在店里。这会儿她就站在通往地下室的梯子顶端。文森特清楚地分辨出她的身形。

"文森特？我……我想告诉你……我……我想告诉你我怀孕了，亲爱的。"

1945年年初，战争接近尾声。报纸上，包括阿根廷的报纸，越来越多地提到欧洲犹太人的命运。残余的德军被赶出了波兰，苏联人解放了奥斯威辛，可文森特继续拼命地闭紧双眼，不想知道他这时早该知道的那些事。因为不想知道，再也不想知道，再也不想知道任何事，即便是那些他已经知道的事。他把自己封闭在越发沉重、坚不可摧的沉默里。这沉默是埋在他肚子里的一颗恶性肿瘤，如今日渐长大，挤满了他的胸、肺、喉咙和头颅。

努力不去知道，成了他活着的唯一理由。于是，在终于知道的那一刻，他崩溃了。所有他曾有的怀疑——所有他在1943和1944年能想象到的和不能想象到的——可怖程度都不能跟实情比。

1945年之前，大家开始谈论那些集中营究竟是什么样子时，文森特不愿去想象。他不愿意琢磨，那究竟更像监狱，还是更像疯人院或动物养殖场；他不愿意想象，囚犯们是穿制服，还是赤身裸体。他拒绝想象，母亲会被用枪托殴打，被拽着头发拖到泥地里，一半身子冻僵，或被酷刑折磨，逼着她承认些她不知道的事。文森特拒绝去想象这现实会是什么样子，而没有人真正目睹过这样的现实——那些声称目睹过的人都无法理解，而那些声称理解了的人却都无法解释。

文森特不想知道，不想去想象。可是，到了1945年，尽管不情愿，他还是跟所有人一样，渐渐开始知道了真相——于是他禁不住开始想象。渐渐地，他开始想象，母亲被关在隔离区的高墙里有什么样的感受；他开始想象，母亲如何看着挤满人的大街、街上的乞丐和生病的孩子。他想象母亲如何应付寒冷和饥饿，想象她在不知道等着自己的是什么命运——或者更可怕，她对此心知肚明——的情况下，是怎样才活下去的。他狂怒而绝望地哭泣着,想象着她被流放的情形,想象着她如何待在封闭的火车车厢里,如何穿过那道走廊,听到脱衣服的命令如何反应,她又是如何脱下自己的衣服的。

渐渐地,在千方百计不让自己知道、不让自己想象的努力中,文森特陷入了一种与特雷布林卡不一样的恐怖。灭绝营的恐怖毕竟短暂,而他却从此背负着罪恶感生活,日夜被负疚感啃噬:他曾经逃离、抛弃母亲,逃避了自己的命运,没有承受本应承受的结局——他本来应跟她一同赴死。

"她被拖出家门的时候哭了吗?她是不是在嚎叫?她被扔到火车里的时候,是什么反应?人家命令她脱衣服的时候,她想到什么?她又说了什么?她会是什么感觉呢?她会怎么想?那时候她还有力气说话、感觉和思考吗?"

文森特曾用尽一切办法不让自己知道,不让自己想象,可他还是渐渐知道了,一些模糊却骇人的画面在他脑子里挥之不去。那些冰冷、颤抖的画面慢慢汇成了一个景象,唯一的、他永世无法逃避的景象,他每一次闭眼、睁眼都会看见的景象:他从来没见过、也宁愿永远不会看见的母亲赤裸的身体,样子凄惨,被衰老和恐惧摧残过,淹没在一堆同样凄惨的身体当中;她双手往前伸着,似乎试图保护自己,两条枯瘦的腿挤在成千条同样瘦弱的腿中间。裸体的母亲,淹没在成千上万同样虚弱、瘦骨嶙峋的裸体的人们当中,被枪托驱赶着,走向"淋浴室"。是的,如果有一个画面是文森特宁愿自己从来无法想象,然而从他第一次读到对灭绝营的描述时就再也无法停止想象的,那就是赤裸的母亲:她筋疲力尽,有气无力地走进那些并非淋浴室的"淋浴室"。

罗西塔怀孕期间,文森特不可避免地越来越多了解到欧洲发生的事情,但他继续保持沉默。他从来没向任何人提起过母亲最后的那封信以及她的死。他从来没向罗西塔和孩子们——即便多年后他们长大成人时——说过母亲是什么时候、怎么死的,哥哥又是什么时候、怎么死的。文森特从来没有想过让别人分担痛苦以求得部分解脱,也从来不愿让家人感受回忆的残酷,因为那毫无用处。

文森特的岁月可谓安稳:年届不惑,有家有业,两女一子,有相知的好友和赚钱的商店,住在熟悉的城市里。他曾经像成千上万的人一样,有自己的幸福与不幸,好运和挫折;他有时精力充沛,有时心灰意冷,有时面面俱到,有时心不在焉;他时常无忧无虑,偶尔一往情深,但很少漠不关心。他本来是许许多多普通人当中的一个,可突然一切都变了,尽管他生活的地方什么也没发生,他的日子也没有任何不一样。他变成了一个逃兵、叛徒、懦夫,成了一个不在场的人,一个逃跑了的人,一个自己的同胞都死了而他却活着的人。从那一刻起,他就决定像个幽灵一样,沉默孤独地活着。

1945年夏天,文森特接受了岳父母的邀请,带孩子们去了马德普拉塔度假。在沙滩上,他试着跟孩子们一起玩耍;他努力远离赌场,试着对岳父母表达感谢,虽然还是一言不发;他也努力向有四个月身孕的妻子做温情的表示。

　　一家人回到布宜诺斯艾利斯后,生活再一次恢复了常规。文森特上班,孩子们上学,罗西塔没有按原先的决定回去继续药物学学业。1944年3月,胡安·何塞上了小学,家庭生活变得千头万绪,文森特已经完全没有了照顾孩子的能力,于是她决定下一年再说。可到了下一年,她又怀孕了。继续学业的梦想从此被束之高阁,再也无人提起。

　　可笑的是,1945年3月27日,学校开学不久,阿根廷向德国宣战了。文森特已不是当年的翩翩公子,他身体虚弱得厉害,头发几乎掉光了,光秃秃的脑袋似乎让他不堪重负。他的眼睛原来是绿色的,现在变成了灰色,还总是湿漉漉的。仅仅四年,从前的潇洒少年郎变成了老朽的孩子爹。萨米和阿里尔当他的面没有说什么,但两人私下里常常感叹,文森特怎么会在短短四年里就老成这样,但这不妨碍他们像从前一样爱他。三个人又开始下班后去托尔多尼会合,时不时去跑马场碰碰手气。不过萨米和阿里尔都避免带文森特去玩扑克牌——无论牌局如何，他总有办法把刚赚的钱输个精光。

1945年5月8日晚上，布宜诺斯艾利斯下着雨，孩子们已经上床睡了，罗西塔在厨房里开着收音机。突然，她正听着的广播剧中断了，电台插播了一则新闻：停战协定刚刚签署。那一年厄休拉十岁，玛莎八岁，胡安·何塞七岁，罗西塔怀着八个月的身孕。文森特已经好久不跟任何人说话了，不管是萨米、阿里尔，还是妻子和孩子们。

文森特坐在客厅沙发里，假装在看一本书。他听得到电台的广播。他继续听着简明新闻，直到新闻报告完毕、电台开始接着播放广播剧，才把手上的书放下，站了起来。他走进厨房，走到罗西塔身边，把手温柔地放到她的肚子上。

"我的俄罗斯小妞……"

罗西塔被丈夫几个月来头一次开口说的这几个字惊到了，她静静地注视了文森特很长时间。

"怎么了，亲爱的？"

"如果是女孩,就叫她维多利亚①。"

罗西塔把自己的手放到丈夫的手上,含着泪点了点头。

维多利亚出生于1945年6月17日。

---

① 意为"胜利"。

后　记

1945年。

十七年后,厄休拉怀孕了,生下了我。玛莎成了我的小姨,胡安·何塞是我舅舅,文森特和罗西塔成了我的外公外婆。

维多利亚是我最小的姨妈。我出生六年后,她去了伦敦,我的第一封信就是写给她的。

我不知道文森特究竟是什么时候知道他母亲最后被流放到了特雷布林卡灭绝营的。被送到那里的人是从来都不需要工作的,没有人死于劳累或饥饿。那是所有灭绝营里"效率"最高的一处,是一台冷酷无情的机器,用最快的速度杀死最大数量的人——在一年之内消灭了近一百万人。我只知道，他后来确实知道了这些。他知道，贝尔的儿子五岁那年，被纳粹抓走，流放到了奥斯威辛；他知道，哥哥和嫂子承受着丧子之痛继续工作，直到起义爆发；他知道，他们参加了起义，双双遇难。

"来信收悉，见到罗西塔和孩子的照片，我心里感到很大的安慰。看到你们家庭幸福，夫妻和谐，小姑娘那么漂亮，真为你们高兴。"

"很久没给儿子写信了。我前一阵病了，病得厉害，记性都不好了，没法给你写信。"

"如果可能的话，我想请你给我们寄个包裹来，要暖和的衣物、羊毛衫、长筒袜、手套和37号的鞋子，鞋型宽一些，要低跟的。家里一切照旧，我们都健康。日子很艰难，到处都在死人。"

我读了曾外祖母库斯达娃·歌德瓦格写的很多信。当然了，我从来没见过她。1997年，我头一次、也是唯一一次去参观已经成了旅游景点的奥斯威辛集中营旧址时,给她写了一首诗,诗写得很蹩脚。

我对文森特和罗西塔也不算非常熟悉。外公于1969年8月去世,那时我才七岁;外婆于1980年3月去世,那年我十八岁。

我不知道文森特在离世前是否明白了沉默不是解决问题的办法;我也不知道他对犹太人大屠杀究竟是什么看法。这件事起初没有名称,后来又名称太多。我不知道他是否意识到,"大屠杀"①这个字眼意味着,那是个空前绝后的事件,任何其他事件都无法与之比较。它独一无二,令人无法想象。我不知道,在自己的沉默中耗尽了力气的文森特,是否曾经意识到我如今意识到的问题,那就是,我们必须去思考这桩无法想象的事件,否则就是为虎作伥,就是与试图用语言来杀人的纳粹同流合污。

---

① 原文为Shoah。

沉默的囚徒

阿多诺[①]曾说过,在犹太人大屠杀之后,写诗是**野蛮的**——虽然后来他自己还是在写。犹太人大屠杀是最后一次吗?我觉得很难说什么事情会是最后一次。我更相信毕达哥拉斯和博尔赫斯的说法,事物是周期性循环发生的。反犹主义使我的祖先逃离了欧洲,南美的专制统治又使我父母带着我逃离了阿根廷和乌拉圭,最后回到了欧洲。我被迫离开了故乡,告别母语和朋友。我像外公一样当了叛徒:我没有留在本该在的地方。但我并不后悔,这是我的生活,我唯一经历过的生活。何况我的逃亡也是回归,这让我欣慰。我找回了祖辈曾经熟悉的一切,发现了他们不曾了解的一切。我看见了辽阔的世界,人们说着不一样的语言。我的西班牙语生疏了,我学会了法语。虽然我不怎么喜欢在法国生活,可我不得不承认:我喜欢用法语写作。

[①] 西奥多·阿多诺(1903—1969),德国哲学家、社会学家,这句话第一次载于1955年的《棱镜》文集第十辑,原文大意为"在奥斯威辛之后,写诗是野蛮的"。

后　记

　　玛莎的长子马丁·卡帕洛斯,家里人叫他莫比,早我几年写了我们外公文森特·罗森博格的一生。他写道:"大屠杀是我们共同历史的一部分,它以一种难以忍受的方式定义了人类。在许多年里,我对这段历史的了解是间接的:我看过很多电影和图片,读过许多论文和故事,我被吓坏了,心里有很多疑问,没有答案。后来我知道,我的曾祖母就死在那里,所以大屠杀也是我的故事:流淌在我血液里的故事。"

　　在这种让我们生,或让我们死的液体里,真的流淌着能用语言讲述的故事吗?我常在文章中说,我写作是为了逃脱痛苦的回忆,苟活于世。我经常写道,遗忘比记忆更重要。我常常像帕索里尼①一样想,忘记的人比记得的人更幸福。可是今天,夜幕降临在巴黎,落日给天空带上一抹血色和蜜色,一如七十年前布宜诺斯艾利斯的天空,太阳在照耀

---

① 皮埃尔·保罗·帕索里尼(1922—1975),意大利诗人、作家、电影导演。

了这依然被称为人类、依然野蛮的物种一整天后,疲倦地把最后几道光线投在我书房的窗子上。尽管我从不喜欢记忆,从不喜欢什么血液,我也想说,莫比是对的。我想承认,在他的血管里和我的血管里,流着同样的血。我的哥哥、表兄弟、与我亲如手足的贡萨罗和米盖尔,还有我热爱的、与她们一起长大的表姐妹丽拉、马努艾拉和娜塔莎,以及多年没有消息的胡安·何塞的儿子阿里尔,我们血管里都流着同样的血。随着年龄增长,我越来越相信,家族的过去活在我身上——我也愿意相信,我的某些东西将来会活在我孩子的身上。

我愿意相信,文森特和罗西塔活在我身上,未来即使我死了,他们也会继续活着——活在我从未见过的他们的后辈的记忆里,活在这些文字里。托我表兄的福,我得以写下这些,敬献给他们。

译后记

圣地亚戈·阿米戈雷纳在中国是个陌生的名字。男，水瓶座，1962年2月出生于阿根廷，编剧、制片人、导演，中文网站找到的介绍大致如此。由他担任导演或编剧的电影，在中国基本没有公映过，唯一能给中国读者一点感性参照的信息是，他是法国影坛女神之一的朱丽叶·比诺什的前男友。

阿米戈雷纳的家族就有意思了：他的外祖父和外祖母分别是来自波兰和俄国的犹太人，为逃避欧洲的反犹浪潮投奔新大陆。阿米戈雷纳出生于布宜诺斯艾利斯，在那里度过了童年。他的父母不堪忍受阿根廷军政府的独裁政治,再次踏上流亡之路。阿米戈雷纳十一岁随父母来到巴黎,从此定居法国,回到了祖先当年逃离的欧洲。这个逃离、寻找、背叛、回归和轮回的家族故事,定义了阿米戈雷纳的人生,成了他写作的动力和源泉。1998年起,他的六卷自传体小说陆续在法国出版,每卷以六年为一段落,讲述自己的人生经历和体验。《寡言的童年》《失语的青春》《沉默的少年》……从这些题目上不难看出,"沉默"给作者的生活留下了深深的印记。

这份沉重、难耐、需要用连续不断的写作来治愈的沉默,它从何而来?答案就在这本"寻根"小说里。《沉默的囚徒》可以看作是阿米戈雷纳六卷自传体小说的"前传",这本薄薄的小书2019年一出版就得到了评论界和读者的青睐,获得当年南锡书展"书店奖"及"法国文艺复兴文学奖"。

《沉默的囚徒》是个简单的故事,简单到几乎没有情节:二十世纪二十年代末,犹太青年文森特怀揣对新世界的梦想,移民阿根廷,在布宜诺斯艾利斯安家立业。战争降临了,文森特无力营救留在波兰、在纳粹魔爪下走向死亡的母亲,深陷自责的精神地狱。他决定用沉默惩罚自己,不说话、不思考,用精神自戕的方式,让自己失去语言功能,变成行尸走肉。他死于1969年,到死都把自己囚禁在沉默里。他的沉默变成了家族记忆的一部分,流淌在孩子们的血液里。

小说的法文原题是 Le Ghetto intérieur,字面意思为"内心的隔离区"。"ghetto"这个词源于十六世纪的威尼斯,指犹太人聚居的城区。二战时期,欧洲各城市的ghetto变成了地狱前站:纳粹当局把犹太人强制集中到这些异常狭小的区域内封闭管理,随后成批运往各地的灭绝营。华沙的犹太隔离区里,四十万人人挨人地挤在三平方公里的弹丸之地上。

母亲和哥哥在华沙犹太人隔离区挣扎求生的时候,文森特在大洋对岸的布宜诺斯艾利斯,狂暴世界边缘的安乐一角,过着性命无忧、衣食无虞的日子。可他终究不能原谅自己的幸福,于是用沉默筑起无形的高墙,把自己关进了内心的隔离区,永远囚禁在那里。

《沉默的囚徒》像一个隐喻丰富的寓言。比如文森特对母亲的感情,起初逃离旧大陆,从某种意义上也是对母亲(以及犹太传统)的背叛;后来因母亲的受难带来的沉重罪恶感,以及他用沉默惩罚自己的做法,可以看作是一种回归或是忠诚的表达:精神分析学家们可能能从中提炼出很多"情结";从文森特出走阿根廷,到阿米戈雷纳写下家族的故事,又像是一场持续了近百年的轮回:作家通过书写找回了祖父失去的语言,消解了从祖父那里继承的沉默。

小说对"语言的功能"的展示,也让我觉得意味深长。从个体层面来看,语言是人的属性之一(哑语也是语言),是人与世界产生联系的媒介。语言又会触发思想。文森特的主动失语,等于切断了与世界的联系，通过清除语言，清除思想，他让自己进入了类似"入定"的虚空状态，与痛苦的现实隔离开来。沉默也许还象征着死亡，这让内心认为自己应该跟母亲一同死去的文森特，感到偿还了自己的部分罪恶，让肉身能够继续活下去。

语言文字表达思想，也塑造思想，人类似乎一开始就明白这个秘密。《沉默的囚徒》中用大段章节记录了为二十世纪纳粹企图灭绝犹太人这一历史命名的过程。命名一个事件，是无比重大的事情，因为名称里包含着定义和价值判断。纳粹德国把大规模驱赶犹太人叫"区域性方案"，灭绝犹太人叫"最终方案"，把毒气室称为"浴室""特殊装置"，用毒气杀人叫"特别处理"，集中营犯人去往毒气室的小路叫"天路"。他们以为，通过玩弄字眼就能掩盖现实，改写历史，推广意识形态。事实证明，这是一种虚妄的迷信，纳粹的"方案"与"处理"最终以"大屠杀"的名义被载入了人类历史。然而这种虚妄的迷信，到今天仍然存在。有人执着于华丽的辞藻、宏大的表述，以为那里面蕴藏着真实的力量；有人以为换一种说法，就能改变事实。

对几百万犹太人的屠杀是人类历史上的至暗时刻（南京大屠杀也是）。在一个人们使用电话、电报传输信息，乘坐火车、飞机全球旅行的现代世界，如何能容忍这样毫无人性的事情发生？这是我们至今还在流血的伤疤。《沉默的囚徒》试着回答这个问题：文森特对欧洲发生的事情一无所知，是"因为成千上万的人对另外成千上万的人的暴行视而不见……报纸缄口不言，民众也缄口不言"。沉默会成为恶行的帮凶，它何尝不是对语言力量的一种虚妄迷信：我们以为不说话，事情就没有发生；文森特以为保持沉默，痛苦就不存在。

犹太民族的身份认同，是本书提出的又一个有趣的问题。"反犹主义最可怕的后果之一，就是让一部分男人和女人一刻不停地意识到，自己是犹太人。不管他们意愿如何，他们被囚禁在这个身份中——这等于给他们下了一个永久的定义。"文森特有见识，有文化，心态开放，可以毫不费力地认同自己是波兰人、阿根廷人，甚至出于对德国文化的崇拜，梦想做一个德国人。他曾经对犹太传统不以为意，是纳粹德国对犹太人的迫害唤起了他对犹太人身份的归属感。然而究竟什么是"犹太人"？定义这个标签的标准是什么？宗教，族群，还是其他？文森特始终没有想明白。他唯一能确定的是："没有犹太人，反犹主义就无法存在。假如一个反犹主义者把自己定义为反犹主义者，他就不能容忍一个犹太人不把自己定义为犹太人。"换言之：主观对他者的排斥使他者成为对立面。身份认同是一个永恒的话题，在以交流、融合为正向价值的世界里，每个人如何定义自己？汉娜·阿伦特说："……不爱德意志，不爱法兰西，不爱美利坚，不爱工人阶级，不爱这一切。我只爱我的朋友，我所知道、所信仰的唯一一种爱，就是爱人。"这也是一种方案。不知未来的世界会如何选择。

动手翻译这本书的时候是二月初，我刚从南美旅行回来,赶上了荷航停飞前倒数第二班回北京的飞机。全球大疫拉开了帷幕,世界酝酿着未知的变化,仿佛在一个十字路口,面临艰难的选择。我没有能力对疫后世界做什么猜测和想象,只想先许一个简单的愿望:让我有机会去一趟从未去过的阿根廷,布宜诺斯艾利斯科连特斯大街838号,到1937年开张的拉斯卡特塔斯比萨店,点一份著名的福佳撒比萨饼,要一杯奇麦斯啤酒,找个靠窗的桌子坐下,看看街上的行人。

译者,2020年5月,北京